AF099793

ENTRE FEU ET CENDRES

TOME 2 COULEUR DE CENDRES

ENTRE FEU ET CENDRES

TOME 2 COULEUR DE CENDRES

En application de l'art. L.137-2.-I. du code de la propriété intellectuelle, toute reproduction et/ou divulgation de parties de l'œuvre dépassant le volume prévu par la loi est expressément interdite.

© Pauline BAYDIDI, 2024

Correction : Amantis Correction
Illustration : Aline Garcia Infographiste

Édition : BoD · Books on Demand GmbH, In de Tarpen 42, 22848 Norderstedt (Allemagne)
Impression : Libri Plureos GmbH, Friedensallee 273, 22763 Hamburg (Allemagne)

ISBN : 978-2-3225-1662-9
Dépôt légal : Décembre 2024

« Si tu plonges longtemps ton regard dans l'abîme, l'abîme aussi regarde en toi. »

Friedrich Nietzsche

PRÉFACE

Ironie de l'Histoire ou suite tragique d'une interminable frise sanglante commencée aux aurores de l'humanité, ce roman nous ramène vers une actualité que nous aurions tellement voulu abolir à jamais de nos mémoires.

Circonstances et acteurs varient mais la mécanique implacable et les souffrances sont elles, bien identiques, hélas. Dans ces pages d'un réalisme parfois brutal, chacun, à sa manière, tente de survivre à un ordre du monde à sens unique.

Fierté, compromission, cruauté, sacrifice...tout ne se mesure qu'à l'aune de l'idéologie et de la peur.

Et parfois, dans ce déferlement de violence et de haine, surgissent des bribes d'humanité portées par un espoir insensé proche de la déraison, tel cet amour interdit, malmené, n'existant que dans le cœur des amants et figé en un rêve d'éternité perdue.

En refermant ce beau livre, je laisse la parole à un vieux soldat, revenu de tout et même sûrement de l'enfer : un jour vous comprendrez vous aussi, qu'il n'y a jamais de vainqueurs. La guerre ne laisse que des morts et des perdants.

Pascal B, Comte du Grip

CHAPITRE 1

Heinz

Le dos calé contre la banquette de bois vermoulu, casquette rabattue sur le visage, je somnole. Je pourrais dormir sans crainte ; et pour cause, dans ce train, entouré de mes semblables, et protégé par de longues plateformes de sable surélevées de mitrailleuses, la sécurité est maximale. Le confort, beaucoup moins. Mes reins éprouvent la lourdeur des wagons tractés et les impulsions nerveuses de la locomotive, les soubresauts de la machine font tressauter la visière de mon couvre-chef contre mes pommettes. De temps à autre, j'entrevois les plaines qui défilent derrière la vitre. Le flux amer de mes pensées me maintient dans cet état second, à demi méditatif, entre résignation et désespoir. La conscience exacerbée de mon corps, de ce qu'il est dans sa fragilité et dans sa vanité, me traverse de part en part. Je suis ici, maintenant, à la place exacte qui m'est dévolue dans ce grand théâtre peuplé de monstres, et je n'ai plus envie de jouer. Je ne veux plus de ce rôle. Je voudrais être resté près d'elle, me trouver dans la petite chambre sous les toits, entre ses draps rêches, contre sa peau nue. Je voudrais me noyer dans sa chaleur. Mais je suis ici, sur cette banquette, à des centaines, ou à des milliers de kilomètres d'elle, entouré d'une foule d'uniformes aussi usés que moi… et je m'éloigne… je m'éloigne chaque instant davantage. Les moteurs sont lancés à plein régime. La grande armée du *Reich* n'aime pas perdre du temps.

Le train stoppe au beau milieu d'une clairière environnée de pins serrés. L'endroit paraît désert. Je ne m'en étonne pas : régulièrement nous faisons des arrêts pour faire descendre ou monter des unités sorties de nulle part. C'est l'occasion de se dégourdir les jambes. Je descends avec les autres officiers. L'air glacé empeste la charogne. D'épaisses colonnes noircies barbouillent le ciel. À n'en pas douter, on brûle des cadavres dans ces forêts.

Méfiant, je coince une cigarette entre mes lèvres, inspectant d'un regard les alentours avant d'être distrait par l'ouverture des wagons de queue. Des hommes de troupe sautent sur le quai, au grand dam des gendarmes militaires qui tentent de mettre de l'ordre dans cette pagaille. Les gendarmes hurlent contre cette jeunesse gesticulante envoyée au front après deux ou trois mois d'instruction. Ces gamins ne survivront pas longtemps. J'ai presque envie d'aller vers eux, de leur inculquer des points élémentaires de survie, de ces choses que l'on n'apprend pas sur les bancs de l'école militaire, de secouer leur naïveté dégoulinante d'idéaux patriotiques. Quelque chose en eux m'en dissuade, leur bonne humeur peut-être, ou l'aigreur qui me tient.

Je leur tourne le dos et tire sur ma cigarette. Une section de SS se forme à ma gauche. Des gendarmes visent leurs ordres de mission avec déférence. Je les observe en grimaçant. La puanteur est telle qu'elle s'est infiltrée dans mon tabac. Écœuré, je jette mon mégot par-dessus mon épaule. Un des SS à la chevelure blanchie qui a suivi mon geste me lance un regard aussi désolé que compatissant.

— Maudite vermine ! Même morts, ils souillent encore notre air !

— Un charnier ?

— Une usine, lieutenant.

Une « usine » ? De quel acabit ? Perplexe, j'inspecte les alentours : des voies ferrées environnées d'une immense forêt de pins. Diable... que dissimulent ces arbres ? Le dégoût réfrène ma curiosité. D'une certaine manière, je sais et je n'ai pas envie de savoir. J'ai côtoyé trop d'horreurs. La question fuse entre mes lèvres pincées :

— De quel genre d'usine s'agit-il ?

— Une usine qui nettoie autant qu'elle nous encrasse. Vous voyez cette fumée... c'est du juif mort. Tous les jours et toutes les nuits, les cheminées d'ici crachent leur saleté de fumée noire. Parce qu'il y a des milliers et des milliers de juifs et de juives. Des centaines de milliers. Des millions probablement. Quand il n'y en aura plus un seul, même les racines de ces arbres empesteront leur répugnante odeur.

Je scrute le visage buriné de mon interlocuteur. Il a parlé si calmement que je me demande si j'ai bien saisi ses propos mais son regard dénué de folie me confirme qu'il est tout à fait sérieux. Je frissonne.

Plus tard, le chef de gare a sifflé. Je suis remonté dans le wagon. Le train s'est ébranlé et a pris de la vitesse. J'ai laissé derrière moi la division de SS et la fumée noire.

Pourtant des jours durant, cette conversation me reste en tête. Brûler les juifs ? Par centaines, par milliers... par millions ? Inconcevable ?

Une ville en ruines défile à travers la saleté qui macule les vitres. Les bâtiments se succèdent : de grands hangars industriels, des immeubles aux façades trouées d'impacts, des châteaux d'eau coincés entre voies ferrées et terrains vagues ; et toute cette laideur métallique encrassée de neige s'accorde avec le gris du ciel.

Une secousse. Un officier peste en retenant son paquetage. Le convoi siffle et s'arrête dans un crissement. Dehors, le quai est envahi par une multitude d'uniformes râpés.

Les visages hagards de ceux que nous remplaçons en disent long sur l'état général des troupes ; nous sommes la relève, et la guerre va nous essorer à notre tour.

Plaque en demi-lune autour du cou, la gendarmerie encadre notre descente et nous dirige vers des camions. Officiers ou hommes de troupe, nous devons rejoindre au plus vite les lignes avancées de Bielgorod. Je me serre contre les autres, en bout de banc, et ainsi entassés nous subissons les cahots et les dérapages du véhicule. La bâche qui claque au vent me dévoile les paysages enneigés. Rien n'a changé. Aucune vie n'émerge du linceul blanc. Nous roulons sans précaution, alternant les embardées et les accélérations. Des jurons s'envolent en direction du chauffeur.

— Moins vite ! C'est une putain de patinoire ici avec toute cette glace ! glapit une recrue au visage rougi par le froid.

— Moins vite ? Elle est bonne celle-là ricane un gros *feldwebel* en me jetant un regard entendu.

J'opine du chef ; le *feldwebel* poursuit son explication avec morgue :

— Bande de cons ! Vaut mieux risquer l'accident que de se promener à l'arrière des lignes trop longtemps ! Ici ça grouille de partisans. Ces cochons ne rêvent que de nous saigner à blanc. Si on ralentit, ils nous sauteront à la gorge. N'est-ce pas lieutenant qu'il fait pas bon lambiner dans le coin ?

— Tout à fait. À titre personnel, je préfère encourir la mise au fossé. Tout est question de probabilités, ajouté-je dans ma barbe naissante, sertie de givre.

Le groupe se resserre. Un homme se penche au-dessus du hayon pour se soulager. Les relents de son vomi ajouté aux virages me retournent l'estomac.

Alors que le crépuscule approche, le camion s'immobilise enfin, et nous nous déversons dans un abri de fortune.

Emmitouflé dans un manteau d'une saleté repoussante, le cheveu hirsute, notre capitaine vérifie les ordres de mission de chacun.

Au passage, on nous distribue les équipements d'hiver. Je présente mes documents. Tout en se curant les dents avec un bout de bois, le capitaine tamponne mon ordre de mission.

— Bienvenue sur les pistes, lieutenant. Vous commanderez la cinquième compagnie. Vos hommes sont là-bas, à gauche, dans cette tranchée.

— Quels sont les ordres de l'état-major ?

— Je n'en sais foutre rien ! Pour l'instant, tenir les lignes... mais restez sur vos gardes. Nos voisins d'en face sont de sacrés animaux...

— Je connais...

— Vous avez pratiqué ces sagouins ?

— Affirmatif mon capitaine.

— Tant mieux. Vous avez le cuir solide donc. Mais ces brutes se sont encore ensauvagées ces derniers mois... Des démons rouges, rien ne les arrête. Prenez garde.

Je remercie le capitaine pour ses conseils de prudence et après un garde-à-vous, je prends congé. Mes effectifs sont là, ramassés au fond de la tranchée, à écouter l'un des leurs jouer de l'harmonica. J'en dénombre... vingt-neuf. Au lieu de cent. Je grimace et hausse la voix pour faire cesser la musique et attirer leur attention :

— Lieutenant Sieber, je viens prendre mon commandement ! Désormais vous êtes sous ma responsabilité. Où sont les autres ?

Un *feldwebel* s'avance et effectue le salut réglementaire.

— Werner Kraft, *feldwebel* de la deuxième section, cinquième compagnie mon lieutenant.

— Je note. Où sont les autres ?

Rires sous cape. Le *feldwebel* toussote :

— NOUS sommes la compagnie.

J'accuse le choc. Vingt-neuf hommes au lieu de cent.
— Moins du tiers de l'effectif ?
— Les autres n'ont pas été remplacés lieutenant.
— Je vois… Et l'équipement ? Des tanks, combien vous en reste-t-il ?
— Aucun, mon lieutenant.
— Si je comprends bien, nous sommes donc une compagnie de tankistes réduite à une section de fantassins…

Quelqu'un ricane à mon sarcasme… Les autres, massés dans la tranchée gelée, hésitent et me dévisagent avec une curiosité mâtinée d'inquiétude. Ils semblent se demander si je suis un de ces jeunes officiers tout juste sortis de l'école.

La nuit tombe tôt et vite. Oubliée la fumée noire de Pologne, les souvenirs brûlants de ma tendre Adèle. Désormais, il est question de survie. Le danger latent et les températures glacées imposent une vigilance absolue. De surveillance cette nuit, je piétine dans le dédale des boyaux et des postes de garde, mesurant l'immensité de ces labyrinthes creusés dans la neige. Si je pensais avoir gardé intact le souvenir des terribles morsures polaires, la réalité s'avère bien pire que les réminiscences de ma mémoire. Le froid me comprime dans un étau douloureux et pénétrant, il est partout, dehors et dedans, il fait corps avec moi, avec la plus microscopique de mes cellules, avec la voûte céleste, avec les ombres inquiètes qui me frôlent, il immerge le monde tout entier dans une mer de glace.

Les frissons courent le long de ma colonne vertébrale. Mes dents claquent sans discontinuer. Mes doigts, emmitouflés dans deux paires de gants superposées, s'engourdissent inexorablement. Accélérant le pas, je remonte mon passe-montagne sur mon nez. Soudain, un tir de mortier suspend mon avancée. D'un bond, je me recroqueville contre la tranchée. J'attends l'impact. Il ne vient pas. Les explosions déchirent la nuit ; des lumières fugaces illuminent les immenses geysers poudreux qui s'envolent. Des tirs résonnent, puis le silence et l'obscurité reprennent leurs droits. Je reste calé contre la paroi, incapable de trouver la force de m'en arracher.

    La tranchée est aussi sombre et silencieuse qu'un tombeau. Il me faut toute la volonté du monde pour mettre mes muscles en marche. Parvenu à rejoindre l'abri et sa tiédeur toute relative, faite de moiteurs humaines, je m'écroule et je me serre contre les hommes agglutinés dans le sommeil. Ne pas sous-estimer le froid russe. Ne pas surestimer mon expérience. Deux leçons en une nuit. Je plonge dans un sommeil animal.

CHAPITRE 2

Heinz

Le soleil blême éclaire la neige plantée de barbelés. Je suis en train de vérifier les bandes d'une mitrailleuse quand je vois accourir un de mes hommes. Venu au rapport, celui-ci m'annonce que le commandement me confie une mission qui n'a rien de réjouissant : constituer des prisonniers dans les avant-postes ennemis. Je désigne quatre hommes : le *feldwebel* Kraft, et trois soldats de rang, Kluge, Brandt et un jeune, prénommé Willy Schmit. Le reste de la troupe laisse échapper un soupir de soulagement tandis que Kraft jette une mitraillette sur son épaule.

— Ça va encore faire des veuves à consoler, ricane un soldat.

— Pas un n'en reviendra, prophétise un autre tout bas.

— Suffit ! grondé-je. Celui qui profère encore la moindre remarque de cet acabit se joint à nous ou passe en conseil de guerre.

Le groupe se tait. Les yeux se baissent. Je me retourne vers les quatre désignés.

— Allez, préparez-vous les gars. Vous avez vos couteaux ? Et toi, Kraft, lâche cette mitraillette ! Je vous rappelle la consigne : pas de coup de feu. Au moindre bruit, nous sommes faits.

La nuit s'étend ; le moment est venu. En tâtonnant, nous nous faufilons au-dessus du parapet. À découvert, le dos courbé, je m'élance dans une course effrénée. Le froid me mord les poumons. Les obstacles sont rares. Une congère nous masque des tranchées ennemies. Nouveau passage à découvert. Terrifiant. Je cavale sur la surface translucide, écrasé par la nuit noire. Nous atteignons un fourré enneigé. Aplatis au sol, nos respirations sifflent de concert. Mon cœur cogne dans ma poitrine jusqu'à me faire mal. À côté de moi, Kraft tremble comme une feuille. Je pose une main sur son épaule pour le calmer mais les tremblements ne font qu'empirer.

— Il fait toujours ça quand il a la frousse, raille Brandt. Et dire qu'il est *feldwebel*...

— Silence ! chuchoté je.

D'un mouvement de tête, je désigne une masse conique, posée un peu plus loin sur la blancheur irréelle qui tapisse le sol :

— On y va.

Glissant sur la neige durcie, nous rampons jusqu'à l'abri. Une ouverture a été creusée dans la paroi, et elle est juste assez grande pour permettre de glisser le canon d'un fusil. J'y risque un œil, priant pour qu'une balle ne traverse pas mon orbite. Trois Russes mangent directement dans des conserves. Je fais signe à mes hommes de me suivre et je me laisse rouler vers l'arrière. Trois Russes. Il ne faut que deux prisonniers. Kluge réagit le premier. En un éclair, sa lame jaillit, creusant un sillon sanglant dans la première gorge qui lui tombe sous la main. La crosse de mon pistolet brandie au-dessus de moi, je fonds en avant, Brandt fait de même. Les deux soldats tombent la tête la première dans leurs boites de conserve. Haletants, nous échangeons un regard entendu : traîner deux prisonniers inconscients jusqu'aux lignes allemandes sera épuisant et dangereux.

Nous entamons le retour vers nos lignes. À peine avons-nous dépassé le bosquet que des fusées éclairantes crèvent la noirceur qui nous surplombe. Une explosion soulève un geyser.

Les nôtres ripostent par des tirs de mitrailleuse, les Russes font pleuvoir des obus, et nos lignes s'éclaboussent de lueurs rougeâtres, de poudre blanche et de cris.

— Et dire que les gars disaient qu'on reviendrait jamais frémit Kraft. C'est sur eux que ça tombe finalement.

Au-dessus de nous, les tirs de mortier s'accentuent. Les Russes ont ajusté la portée de leurs tirs.

— On ne peut pas les laisser se faire massacrer sans bouger ! Faut qu'on fasse quelque chose ! s'emporte Willy.

Je lui lance un regard méprisant :

— On ne peut rien faire. On obéit aux ordres.

— Les ordres n'ont plus lieu d'être. La situation est différente. Lieutenant, je me porte volontaire pour retourner en arrière et donner une leçon à ces Satans !

Ce gamin m'exaspère. À mes pieds, un des prisonniers tente de se redresser et râle, je lui assène un brutal coup de crosse sur la tempe pour l'assommer, puis je me retourne vers Willy en chuchotant avec colère :

— Mais qu'est-ce que tu crois qu'il va t'arriver si tu t'attaques à leurs batteries avec ton couteau et ton pistolet !

— Et on attend quoi ici lieutenant ? Que le jour se lève ? Pour se faire tirer comme des lapins ?

— Je n'ai pas dit qu'on allait attendre. On ne reste pas au milieu de ce champ de tir. On va contourner. Suivez-moi. Et fermez-la. Fermez vos putains de gueules les gars, c'est compris ?

Nous glissons sur le verglas, et tirer deux corps inertes dans ces conditions est particulièrement éprouvant.

Le jour pointe. La pluie de feu cesse tandis que nous débouchons à l'arrière de nos lignes. Je me présente au poste d'état-major, le capitaine me reçoit avec morgue.

— Ils ne sont pas morts j'espère ? Il faut qu'on les interroge.

— Sont aussi vivants que vous et moi, capitaine…

— J'espère. Vous me ferez déblayer la tranchée, évacuer les morts. Votre compagnie sera reformée d'ici à demain. Nous attendons des camions pour venir renflouer vos effectifs. Mais sachez que je ne pourrai plus tolérer des pertes aussi importantes que cette nuit. Vous êtes responsable de vos hommes, lieutenant ! Faites l'effort de ne pas l'oublier !

Les deux Russes sont réveillés à coups de pied. Comprenant où ils sont, ils balbutient des propos incompréhensibles, sans doute des supplications qui n'apitoient personne.

Ceux des nôtres qui ont survécu à cette nuit n'ont qu'une obsession : la vengeance. Et ils s'y appliquent, faisant retomber celui qui tente de se relever, crachant sur l'autre, cognant dans les ventres et battant les reins. Un soldat écrase les visages tuméfiés sous ses bottes. Au-delà des hurlements de douleur, on entend les craquements sinistres des os. Craignant qu'ils ne finissent par les tuer, je m'interpose. Personne ne prête attention à moi.

— Arrêtez ! Reculez ! crié-je.

En vain. Les hommes sont mus par une haine terrifiante.

Je brandis haut mon revolver en hurlant, prêt à tirer pour ramener le calme ; à cet instant, le capitaine déboule avec l'interprète sur ses talons. Mon supérieur frappe dans les jambes des Russes pour leur ordonner de se relever. Ils grimacent et se remettent difficilement debout. Le capitaine ne manifeste aucune réprobation quant à l'état des deux prisonniers, tournant autour d'eux pour les jauger. Il aboie. L'interprète traduit.

— Que répondent-ils ? s'énerve le capitaine.

— Qu'ils... ne savent rien, balbutie l'interprète.

Vert de rage, le capitaine fouette les prisonniers avec sa cravache.

— Comment ? Ces moins que rien osent me défier ? Mais où se croient-ils à la fin ? Ils parleront, ça mettra le temps qu'il faudra mais ils parleront, croyez-moi. Nous allons trancher dans le vif ! Lieutenant, faites couper moi une lamelle de cette vermine !

— Une lamelle ?

— Bon sang, est-ce qu'il faut tout faire soi-même ici ? Soldats, tenez-moi celui-ci !

En jurant, le capitaine entrouvre son manteau et dégaine le couteau qu'il porte à la ceinture. La lame taille les épaisseurs de pantalon puis arrache de larges lambeaux de cuisse. L'écorché hurle. Le capitaine lui perce lentement le ventre de la pointe de son arme. Insensible au sang et à l'odeur d'excréments qui me prend à la gorge, l'interprète reprend sa série de questions. Hélas, le prisonnier perd connaissance.

— Chiffe molle, s'agace le capitaine à la vue du corps affaissé.

Ses yeux perçants se reportent vers le second Russe qui se débat tant bien que mal entre les mains de mes hommes.

À son tour, il endure le même sort que son compatriote, et pousse les mêmes cris déments. Le capitaine sait y faire.

Une odeur infecte, d'urine, de sang et d'abats se répand dans l'abri. L'interprète répète ses questions. Où sont les batteries de canons, où sont les nids de mitrailleuses ? Qu'est-ce qui se prépare ?

Brutalement écœuré par cette boucherie répugnante, je sors de la torpeur dans laquelle j'ai plongé.

— Capitaine, je vous en conjure, cessez ces tortures !

— Trop tard, lieutenant. Celui-ci est déjà parti rejoindre les siens en enfer, ricane mon supérieur qui, d'un coup de bottes, retourne le cadavre ensanglanté du plus jeune prisonnier.

— C'est un crime de guerre !

— Qu'est-ce que vous me chantez là ?

— Vous n'aviez pas le droit.

— L'armée du *Reich* à tous les droits ! Qu'en dites-vous, soldats ?

Un silence gêné se répand, puis Kluge prend la parole :

— Ce que j'en dis, moi, c'est que ces fumiers ont enterré la moitié de notre compagnie. Qu'ils ont crucifié trois des nôtres sous notre nez et qu'on les a regardés agoniser. Ce n'est que justice !

— Mais enfin… on ne tue pas un prisonnier désarmé ! m'écrié-je.

Traits crispés, enveloppé de sa miteuse fourrure, le capitaine ressemble à un ours furieux, prêt à charger avec sa longue griffe sanglante. De toute son aura meurtrière, il domine le misérable groupe de soldats.

Je capte une lueur d'espoir dans le regard tuméfié du prisonnier survivant, et aussitôt je regrette mon intervention. Je lui dédie un regard sans âme avant de me détourner. Je ne pourrai rien pour lui.

— Faites ce que bon vous semble, capitaine. Mais ce qui se passe ici sera fait selon vos ordres, pas sous les miens.

Ma tête bourdonne. Me voilà revenu au front, et je dois m'y faire. Ici, c'est un autre monde, un monde où seule la sauvagerie fait loi.

CHAPITRE 3

Adèle

En ce premier jour d'avril, le soleil domine fraîchement le ciel d'azur. De tendres effluves de lilas caressent les pelouses et les allées du jardin des Tuileries qui ronronne sous le bavardage des promeneurs. Je dépasse une plate-bande de tulipes et je m'assois, ou plutôt je m'échoue, sur un banc ombragé par les ramages d'un tilleul. Des rayons de lumière agacent mes chevilles. Le printemps revenu ne m'apporte aucune joie : je suis restée au creux de l'hiver.

Chaque heure dure des jours, chaque jour des semaines, et les semaines sont plus longues que ma vie entière. Avec un soupir, je me remémore la dernière lettre de mon amant. Des mots lisses qui ne veulent rien dire. Il m'avait prévenue : avec la censure, rien ne doit filtrer sous peine d'être accusé d'espionnage ou de défaitisme.

Il écrit simplement pour prouver qu'il est en vie.

Mais la lettre date de début mars… alors, comment savoir ? L'incertitude me ronge. La nuit, je m'éveille en sueur, le visage trempé de larmes, persuadée du pire ; il lui est arrivé quelque chose, il est mort, il m'a oubliée, je ne le reverrai jamais plus. Cette certitude est d'une telle force que j'en meurs.

Parfois un éclair d'optimisme puéril me transperce, ravive l'espoir que tout se terminera bien, qu'il y aura un après, un ailleurs, qu'il suffit d'y croire très fort pour que cela arrive, comme si ma pensée seule pouvait voyager au-delà des frontières, et étendre au-dessus de lui une main protectrice pour que rien, ni personne, ne puisse jamais l'atteindre. Comme si je pouvais être sa bonne étoile. Mais, lorsque la nuit tombe sur la ville baignée de silence, et que je reste hébétée dans ma solitude, je me rappelle que je n'ai aucun pouvoir, et que les étoiles ne sont que des astres morts.

En dehors de visites à Otto Meyer ou de courses alimentaires, je ne sors quasiment plus. Je n'ai plus d'énergie, plus d'envie. Tout me paraît si fatigant et si vain. Aujourd'hui, si je suis dehors, c'est parce que j'attends Madeleine qui m'a fait passer un message par sa tante, en m'expliquant qu'elle avait besoin de moi, et ce, de façon urgente.

Depuis mon banc, je regarde sans les voir les Parisiens qui déambulent le long des allées. Un uniforme allemand — une haute silhouette d'officier de char — fait bondir mon cœur, mais non, évidemment, ce ne peut pas être lui, ce n'est pas lui.

Madeleine arrive en tenant un sac qui bringuebale de droite à gauche, elle se jette sur le banc à côté de moi.

— Merci d'être venue. Oh, mais qu'est-ce que tu as mauvaise mine ! Adèle ! Ça peut pas durer cette tête d'enterrement !

— Je ne sais pas comment tu fais. Je me sens capable de rien et tout me pèse… Chaque jour sans lui est une torture, j'ai envie de mourir… Je suis aussi malheureuse que les pierres.

— Voyez-vous ça ! Aussi malheureuse que les pierres ! Sottises ! Prends sur toi ! Ça fait des mois déjà que Paul est… bref, ainsi va la vie. J'ai d'autres problèmes.

Madeleine a dû renverser sa bouteille de parfum dans son corsage ; je me recule avec un haut-le-cœur.

— Si je t'ai fait venir, poursuit-elle, c'est que mon frère, Georges, n'a pas répondu à sa convocation pour le STO. Les gendarmes l'ont arrêté hier, je ne sais pas où ils vont l'emmener.

Si tu pouvais voir Otto Meyer, peut-être qu'il pourrait faire quelque chose pour lui… non ?

Elle s'interrompt et me dévisage en fronçant les sourcils :
— Ça va ?
— Non. Envie de vomir. Faisons quelques pas, dis-je en me levant d'une démarche mal assurée.

Madeleine m'attrape les épaules pour que je reste assise.
— T'as du retard ?
— Du retard ?
— Bah oui, du retard ! C'est toi l'infirmière que je sache, tu dois bien y avoir pensé !
— Enceinte ?

L'idée me tétanise. Cette perspective ne m'a même pas effleurée.
— J'ai été prudente.
— Chaque fois ?

Non pas chaque fois. La perspective me saute au visage. Mentalement, j'essaye de faire le compte. Je ne me rappelle plus les dates. Mon cerveau tourne au ralenti depuis qu'il m'a quittée.
— J'arrive plus à me concentrer en ce moment… Oh Mon Dieu ! Je ne sais pas… Mais c'est vrai que ça fait un moment que…

Madeleine se penche sur moi. Les effluves de parfum qui s'engouffrent dans mes narines me soulèvent le cœur. La main devant mes lèvres, je tourne la tête pour que la nausée se dissipe.
— Oh merde la poisse… Adèle… si tu voulais… Manon connaît des gens pour ça. Elle l'a déjà fait plusieurs fois.

Je n'écoute plus, le regard rivé sur une petite fille en manteau bleu qui galope à travers les pelouses.
— Si tu veux le faire passer, Manon peut t'arranger ça, répète Madeleine en me tapotant la cuisse avec pitié.
— Je ne suis pas enceinte, rétorqué-je d'une voix plate.

Fronçant les sourcils, Madeleine rassemble son sac et son gilet entre ses mains.

— Avec la tête que tu as ? Va donc chez le docteur.
— Je n'en connais aucun… je…
— Docteur Dupuis, rue des Charmes, il n'est pas trop cher. Et puis, tiens-moi au courant, si tu veux… enfin, tu sais pour faire quoi. Il faut que j'y retourne. J'ai le service du soir à préparer. Et… pour Georges, si tu passais voir Meyer, tu me rendrais un fier service. C'est d'accord ?
— Ce sale type n'aide personne, je ne crois pas que ça serve à quoi que ce soit…
— Je t'en prie !
— Il est tellement fourbe que tu pourrais obtenir l'effet inverse, tu sais…
— Tu es sa « presque belle-sœur » ! Allez, un effort Adèle. Je te demande pas grand-chose. T'as juste à lui parler quelques minutes !
— Sa « presque belle-sœur » ? Pouah, Dieu me garde d'avoir le moindre lien avec cette ordure !
Madeleine se relève en lorgnant mon ventre. J'ai envie de la baffer, mais au lieu de ça je grimace un sourire.
— Allez c'est d'accord. Va, file. Je le ferai.
— Merci, merci, merci, s'écrie mon amie en m'envoyant des baisers du bout des doigts.
Je lui souris toujours, retenant à grande peine les larmes qui roulent sous mes paupières.

Le cabinet du docteur Dupuis occupe le rez-de-chaussée d'un immeuble ancien. La concierge me surveille derrière son rideau ajouré. Je pousse la porte de chêne à la poignée dorée, faisant tinter une sonnette aigrelette et au bout du couloir, je débouche sur une salle pleine à craquer. Une petite dizaine de personnes en tout ; des femmes, genoux serrés et œil rivé sur leurs progénitures qui se chamaillent, et puis des hommes, chapeaux sur les genoux ou journal déplié, absorbés dans leurs pensées. Je patiente quelques dizaines de minutes sans que rien se passe... À ce rythme-là, j'en ai pour des heures. Brusquement à bout, je me lève. L'hôtel Lutetia est tout proche, je m'y rends et demande à être reçue par Otto Meyer.

Carré dans l'assise du fauteuil qu'il occupe, Otto Meyer me salue en tendant une main au-dessus de son bureau.

— Comment allez-vous, mademoiselle Adèle ?
— Euh... bien je vous remercie.
— *Gut* !

Un long silence s'établit entre nous. Mal à l'aise, je me tortille sur la chaise, tandis qu'il demeure imperturbable. Je commence à transpirer. Il ouvre enfin la bouche et me jette quelques mots :

— Et donc ? Est-ce que vous avez besoin d'argent ?
— Non... non, je voulais, je pensais, enfin oui je voulais vous demander un service.

Un sourire carnassier glisse sur la figure de mon interlocuteur. Je sais que j'ai tort de m'ouvrir à lui, que je ne peux pas lui faire confiance. Meyer s'appuie lourdement sur son bureau, l'oreille aux aguets. Il est curieux :

— Je vous écoute. De quelle sorte de service s'agit-il ?
— C'est pour une amie.
— Ne me faites pas perdre mon temps. Expliquez-vous.
— Eh bien... le frère de cette amie a été appelé pour le STO. Il n'a pas pu se rendre à sa convocation et s'est fait arrêter par les gendarmes. On ne sait pas où il se trouve ni ce qu'il va devenir.
— La loi est la loi, que voulez-vous que je fasse ?
— L'aider... il n'a pas voulu frauder la loi.
— J'espère bien ! Des hordes asiatiques veulent détruire notre monde civilisé. Partout où ils passent, ils sèment la terreur. Ce sont des barbares, des monstres assoiffés de sang. C'est le devoir de chaque jeune de participer à l'effort de guerre. Nous devons éviter que la peste n'envahisse nos pays respectifs. N'est-ce pas ?

— Bien sûr. Mais peut-on savoir où il est maintenant ?
— Quoi ?
— Le frère de mon amie ?
— Où qu'il soit, il est entre de bonnes mains. Ne vous inquiétez pas.
— Pourriez-vous vous renseigner… ?
— J'ai un nombre incalculable de dossiers en cours.
— Vous êtes certainement très occupé…
— Si vous saviez ! Il faut prendre son temps pour chaque affaire. Rester juste. Ah ! La justice ! Bien difficile de l'appliquer. Tiens ! Pour vous donner un exemple, j'étais justement en train de traiter un cas complexe. Deux frères juifs, mais pas au même degré. Le premier est classé *Geltungsjudin,* car il a fréquenté une école juive, tandis que le deuxième est classé *Mischling*. Le premier est sur cette liste, là, qui devrait rejoindre le prochain convoi pour travailler à l'Est, alors que le deuxième n'y figure pas, à cause de son classement de *Mischling*. Eh bien, ça m'ennuie. Deux frères, de même sang impur, et deux traitements différents. C'est ennuyeux, n'est-ce pas ?
— Euh… eh bien… euh oui, bafouillé-je.
— L'ordre et la logique. Il n'y a que ça de vrai. C'est ennuyeux, c'est ennuyeux… ils ont la même ascendance. Mais celui-ci a fréquenté la communauté religieuse et voilà, son statut change.

Des rayons de soleil jouent sur le bureau de l'officier nazi, révélant une myriade de poussières volantes. Meyer triture la liste entre ses mains.

— Que feriez-vous, mademoiselle Adèle ?
— Moi ? Mais… je… je ne sais pas.
— Réfléchissez un peu. Deux frères. Même ascendance. Où est la logique ? Où est la justice ? Dites-moi.

La sueur coule au creux de mon dos. Meyer attend une solution. Ma solution. Il me teste. Dois-je envoyer ces deux inconnus en camp de travail pour qu'il agrée ma demande ? Est-ce un piège ? L'esprit en vrac, je déglutis. J'essaye d'affecter un air détaché mais je ne sais pas quel visage je lui offre.

— Naturellement, j'enlèverai celui-ci de la liste. Puisque ce sont deux frères.

L'officier se renverse dans son siège. Il scrute longuement le plafond avant de subitement bondir et frapper du plat de ses mains sur le bureau.

— Je pensais procéder à l'inverse. Mais il est vrai que le décret ne prévoit pas le travail des juifs *Mischling*. Pas encore.

— Ah, pas encore, répété-je sottement, incapable de tout commentaire.

— Paris ne s'est pas fait en un jour. Il faut voir les priorités et avancer étape par étape. Leur tour viendra, conclut Meyer en rayant le nom dans l'immense liste qui couvre trois pleines pages.

Je me force à lui rendre son sourire.

— Et pour ma demande, pour mon amie ?

— Je pensais plutôt que vous veniez vous enquérir de quelqu'un d'autre…

— Bien sûr. J'allais vous demander des nouvelles…

— Mais vous avez choisi de commencer par la requête de votre amie. Vous avez choisi de demander de l'aide pour un réfractaire avant de me questionner au sujet de Heinz. C'est instructif.

— Je ne vois pas en quoi ?

— C'est pourtant évident. Je vois où va votre loyauté.

— Auriez une nouvelle lettre pour moi ?

— Une lettre de Heinz ? Non, pas de lettre. Il vous manque ?

Le ton est sournois, inquisiteur. *Bien sûr qu'il me manque ! Je suis dévorée par son absence…*

— Évidemment… sinon je ne vous demanderais pas de ses nouvelles.

— *Natürlich* ! Mais je suis sûr qu'il va bien. Les victoires se succèdent. Le front est solide, ne vous inquiétez pas, soyez forte comme le sont les femmes allemandes. Allez mademoiselle, je ne vous chasse pas, mais j'ai tellement à faire !

De son menton, il désigne la pile de dossiers qui attend.

N'ayant aucune intention de m'attarder dans cette ambiance feutrée qui ravive mes nausées, je me lève et prends congé, songeant que comme je m'y attendais, je n'ai obtenu ni aide ni réponse.

La salle d'attente du médecin s'est vidée de moitié. Un goût de bile flotte dans ma bouche. Pas de lettre. Le lieutenant ne m'a pas écrit. L'absence de nouvelles, et plus encore que celle de sa peau et de sa voix, pèse lourd entre mes côtes.

Je ne pensais pas que le vide pouvait prendre tant de place, qu'il pouvait prendre toute la place, qu'il pouvait tout me prendre.

Je feuillette sans le lire un magazine écorné qui traîne.

Le docteur, un homme entre deux âges m'écoute lui expliquer mon doute avec une attention toute paternaliste. Il pince les lèvres.

— Retirez-moi le bas que je vois ce qu'il en est.

Je me faufile derrière le paravent.

— Vos dernières règles ?

— Je ne sais plus, lancé-je en faisant glisser ma jupe sur mes chevilles.

Je me hisse sur la table d'examen. Poussant un soupir condescendant, le médecin commence à palper mon ventre. Comme je m'y attendais, il m'impose un examen gynécologique. Honteuse, j'essaye de ne pas penser que je me trouve là, sur cette table d'examen, mon intimité fouillée par ces doigts indélicats. Dès qu'il se retire, je rabats ma combinaison sur mes genoux, et à cet instant je croise son regard broussailleux qui se fixe sur mon annulaire gauche. Il cherche une alliance.

— Où est le père ? demande-t-il en me tournant le dos pour se laver les mains à un petit lavabo.

Je me dresse sur la table d'examen. Il a bien dit *le père ?*

— Je suis donc enceinte ?

Il me tourne le dos, immobile.

— Cela ne fait aucun doute. Si vous étiez plus responsable, vous auriez compté vos cycles. La naissance devrait se produire en octobre.

— Deux mois ?

— À quelques jours près oui.

Je passe une main sur mon ventre, incrédule. La voix du médecin, dénuée de chaleur, me ramène au présent :

— Rhabillez-vous. Et ça vous fera 120 francs.

Les billets que je lui tends disparaissent dans une cassette en fer blanc. D'un geste, il me congédie.

CHAPITRE 4

Adèle

Les paroles du médecin résonnent dans ma tête. Quelque chose a changé en moi. Je suis emplie de vie et non plus de vide. J'ai conscience de mon ventre, de son centre, de l'intérieur de moi, et je sens palpiter ce secret enfoui dans mes entrailles. Je me sens deux. Partagée, divisée, morcelée, multipliée. Je me sens autre.

En bas de mon logement, Madeleine discute avec sa tante. Interrompant mes délires silencieux, mon amie vient vers moi à grands pas, l'air soucieux. Elle coince mon bras sous le sien, accroche mon regard :

— Tu as vu Meyer ? Que t'a-t-il dit pour Georges ?

Il me faut quelques instants pour me remémorer l'entrevue avec le beau-frère du lieutenant Sieber.

— Meyer ne sera d'aucun secours, hélas.

Madeleine pâlit.

— Pourquoi ? Que se passe-t-il ? Georges va bien ?

— Comment veux-tu que je le sache ?

— Comment ça ? Explique-toi bon sang !

— Je t'avais prévenue. Ce type est le dernier qui pourrait t'aider.

— Il a refusé ? Tu es tout de même…

— Quoi ? La maîtresse de son beau-frère ?

— Dit comme ça…

— Meyer est persuadé que le STO est un devoir pour tous. Il était scandalisé que ton frère ait voulu s'y soustraire. Alors, ne compte pas sur lui pour lever le petit doigt. Et puis si ça t'intéresse, je suis enceinte.

— Oh ! Merde ! De combien ?

— Deux mois environ.

— C'est avancé mais ça reste faisable. Je peux te prêter un peu d'argent, pas grand-chose, peut-être que ça devrait suffire. Tu me rembourseras plus tard.

Je sais à quoi elle fait allusion, l'idée est logique mais je la repousse instinctivement.

— Non. Mais je te remercie.

— Me remercier ? Tu refuses ?

— C'est ça.

— Bourrique ! Tu n'as pas de situation, pas de travail…

— Je pourrais travailler, au moins en attendant, j'ai un diplôme.

Madeleine pousse un soupir :

— En attendant quoi ?

— Son retour.

Le regard courroucé de mon amie me stoppe en plein élan.

— Tu es abrutie ou tu le fais exprès ? C'est quoi ton projet ? Réfléchis à ton avenir, et à celui de ce… ce gosse, ce sera quoi ? Il ne sera jamais un orphelin de guerre qu'on prendra en pitié, non, non ce sera seulement la preuve de ton péché, un petit bâtard sans patrie. Réfléchis à ta vie, et à lui, à ce que tu vas lui offrir comme vie.

Ces mots sont froids, je me glace.

— Le lieutenant reviendra…

— Ah ! Bien sûr. C'est pour ça que tu passes ton temps à te morfondre. Parce que tu es sûre qu'il va revenir.

— Je… oui… je dois y croire…

— Non. Tu sais bien ce qui va arriver. Vivant ou mort, il ne reviendra pas. Jamais.

Son affirmation me fait relever le menton. Je l'affronte du regard, essayant de déceler de la jalousie, de la méchanceté dans ses pupilles. Mais je n'y trouve que du bon sens et de la droiture. Elle essaye de m'avertir. J'aurais préféré qu'elle se venge de la mort de son amant, qu'elle me souhaite les mêmes douleurs que celles qu'elle a traversées ; mais elle est là, stoïque, déterminée, et je comprends que son seul but est de me mettre en garde contre les espoirs insensés auxquels je m'accroche.

Son attitude me jette dans le doute.

— T'as de ses nouvelles ? attaque-t-elle.

— Pas récemment. Mais ce bébé... c'est le signe qu'il reviendra !

— Le signe ? Tu nages en plein délire ! Et d'ailleurs... crois-tu qu'une annonce de ce genre lui donnerait envie de remettre un orteil en France ?

— S'il a été sincère, il assumera.

— Ma pauvre. Assumer ne fait pas partie du vocabulaire masculin. Encore moins en temps de guerre. Les hommes sont inconstants et infidèles. Il a peut-être été honnête avec toi parce qu'au moment où il te disait des mots doux, il y croyait. Et puis il est parti et tu es loin. Les sentiments changent... Les hommes ont besoin de très peu de temps et de distance pour varier.

— C'est différent.

— Ce n'est jamais différent, Adèle.

— Si, ça l'est !

— Admettons. Il a été sincère, il est constant. Allez, partons de cela. Eh bien dans ce cas, en te sachant enceinte et seule, il va lui passer n'importe quoi par la tête. Tu as vu ce qui est arrivé à Paul ! Crois-moi, cette grossesse, c'est que du malheur. Je vais t'arranger ça avec Manon.

— Non.

— Donne-toi cette chance ! Je te prêterai la somme. Ne sois pas gênée pour l'argent, ça sert à ça les amies.

— Mais... je ne veux pas faire ça ! hoqueté-je.

Madeleine m'embrasse sur les deux joues.

— Je passerai te chercher un de ces jours, dès que ce sera organisé. Et merci pour Georges, je sais bien que tu fais de ton mieux.

Une fringale me pousse vers le placard. Les étagères sont presque vides. Je croque dans une pomme fripée. Le lieutenant devrait bientôt m'envoyer de l'argent, de quoi acheter au marché noir une nourriture suffisante. J'en suis là. Ma survie tient au bon vouloir d'un officier ennemi. Je peux toujours m'attendrir et songer que nous nous aimons, mais, au fond de moi, je sais très bien ce qu'il en est. Si je ne lui avais pas ouvert les cuisses, jamais il ne se serait soucié de mon estomac. Je me suis donnée à lui, je l'ai fait avec envie, j'en ai retiré plus que du plaisir, une satisfaction animale, un sentiment de complétude infinie… mais ce don à un prix. Le dégoût de moi-même me renvoie au visage tout l'abject de ma situation. Je ne vaux guère mieux qu'une prostituée, entretenue par des versements d'argent sale. En rongeant mon trognon, je repense aux paroles de Madeleine.

De profil face au miroir terni, je soulève mon gilet et ma blouse. Rien ne paraît changé. Aucune rondeur pour attester de ce qui pousse en moi. En soupirant, je lâche brutalement le tissu et le lainage qui retombent sur mes hanches.

Le fantôme de mon père pèse sur ma vie. Son regard figé, enfermé dans un cadre bordé de crêpe noir, a surveillé tous mes faits et gestes de l'enfance. Il ne vieillissait pas tandis que je grandissais. Le manteau de la cheminée ne portait que lui, victime honorable, à laquelle tout un chacun pouvait rendre un hommage compassé.

Oui, mon enfance a été bercée de tristesse… mais au moins, cette souffrance s'apaisait-elle dans la légitimité. J'étais orpheline, mais j'étais fille de héros. On me couvrait de pitié et d'attentions bienveillantes.

Rien à voir avec ce qui va arriver. L'enfant que je porte me tiendra compagnie dans ma solitude à venir. Et pour cela, je lui destine des peines sans compassion. Des larmes illégitimes. Des chagrins muselés. Je vais lui offrir une vie de honte et de secret. À cette idée, je fonds en larmes. Parce que j'ai peur de mon égoïsme, et que je vais devoir lutter fort contre lui.

Trois jours plus tard, Madeleine vient me chercher. Après une demi-heure de trajet, nous arrivons devant un pavillon. Vêtue d'un peignoir de soie, chaussée de pantoufles roses, Manon nous ouvre et nous fait signe de passer dans le salon. Elle nous sert un bourbon. La nausée m'agrippe le cœur, je détourne la tête.

— Les nausées ! J'ai connu ça… mais t'en fais pas. Dès que ce sera fait, tu pourras te saouler à ta guise ! décrète Manon en vidant son verre, avachie sur le sofa, tandis que son peignoir entrouvert laisse apercevoir ses jambes parfaites. Et ne fais pas cette tête, ce n'est quand même pas si grave !

Un chat se faufile dans le salon pour venir ronronner contre les mollets de sa maîtresse. Madeleine sirote sagement son bourbon. Je me cramponne à mon ventre, mes muscles sont noués par le dilemme, j'ai l'impression d'être broyée de l'intérieur.

L'irrésolution me rend malade et m'injecte des pulsations douloureuses dans les tempes.

— Les filles, est-ce que vous savez comment on reconnaît une femme honnête ?

Manon s'amuse, elle aime être intéressante, être celle dont on attend tout, celle qui maintient la tension, qui crée le suspense et le scandale. Et elle s'exerce à cet art en permanence, nous abreuvant de plaisanteries douteuses.

— Eh bien une femme honnête, c'est celle qui donne ce que les autres vendent !

On sonne à la porte. Le chat disparaît. Dans un froufrou de soie, Manon s'étire avec volupté et se relève. On entend la porte s'ouvrir. Un murmure glisse dans l'univers feutré du salon. Notre hôtesse revient vers nous :

— La femme est là. Elle va tout préparer dans la cuisine. Vous avez l'argent ?

Madeleine hoche la tête. Efficace, elle recompte sa liasse de billets. Le froissement du papier me hérisse.

Une décharge me vrille les entrailles. Mon ventre est dur comme de la pierre.

— Non !

Deux regards perplexes me dévisagent.

— Je ne peux pas, ajouté-je précipitamment.

Manon louche sur les billets qui sont toujours dans la main de Madeleine, puis fronce les sourcils en ma direction :

— Je te préviens, je n'organiserai pas de deuxième rendez-vous ! C'est trop dangereux.

Mes mâchoires répriment une nausée. Mes mains tremblent.

— Explique-lui qu'elle va foutre sa vie en l'air, jette Manon en direction de Madeleine, qui me considère sévèrement.

— Écoute Adèle, on en a déjà discuté. C'est rien qu'un sale moment à passer. Après tu recommenceras ta vie, comme avant. Ni vu ni connu. Personne n'en saura rien.

— Moi je le saurai ! m'indigné-je. Jamais je ne me le pardonnerai.

Mes mots dépassent mes pensées. Je n'ai pas réfléchi aussi loin. Tout ce que je sais, c'est ce que je ressens. Et à cet instant, ce que je ressens dans ma chair, c'est que je refuse de me faire amputer de cette chose qui s'est arrimée en moi. Parce que j'ai besoin d'elle. Parce que j'y suis déjà habituée. Parce que je veux plus être seule. Parce que c'est le seul lien qu'il me reste. Parce que c'est un petit peu de lui, et qu'il est parti.

Manon n'est pas de cet avis.

— Ce n'est pas un bébé. C'est une tumeur sanguinolente que tu peux encore évacuer, avant qu'elle ne se transforme en chose encombrante que tu traîneras toute ta vie. Qu'est-ce que tu crois qu'il se passera après la guerre ? Qui voudra de toi ?

— C'est exactement ce que je lui ai dit, soupire Madeleine en secouant les billets.

— Tu sais que c'est égoïste de vouloir le garder, n'est-ce pas ? me questionne Manon.

Ma faiblesse est étalée au grand jour, sans ménagement, mais je me sens sûre de ma décision à présent.

Je ne veux pas avorter.

— Je sais. Je vais rentrer maintenant.

Manon me bloque lascivement le passage, un petit sourire sournois relève ses lèvres peintes.

— Minute ! Où est-ce que tu vas mon chou ?

— Je rentre. Je peux pas faire ça. Laisse-moi passer.

— Ah ah... mais tu crois qu'elle se déplace gratuitement, l'autre là, qui est en train de tout virer dans ma cuisine ? Elle prend des risques et elle n'aime pas qu'on se débine. Et moi non plus. Qui nous dit que tu n'iras pas nous balancer ?

— C'est pas mon genre.

— Ah mais ça, c'est le genre de personne ma jolie. Seulement là... Je n'ai plus de garanties.

À cet instant une voix nasillarde traverse les minces cloisons du pavillon :

— C'est prêt. Elle peut venir !

Manon attrape son chat qui se love aussitôt dans ses bras. Le félin ronronne tandis que sa maîtresse lui flatte la tête d'une main enjôleuse.

— Les bons comptes font les bons amis.

— Nous ne sommes pas amies !

— Mais... tu as une dette envers moi, susurre-t-elle.

La colère me fait frémir. Madeleine tend les billets à Manon qui les attrape au vol. Notre hôtesse additionne à voix haute.

— Faut me comprendre. Je dois être sûre que vous garderez secrète cette petite entrevue décevante. Quoi de mieux que de vous impliquer ? Mais, quittons-nous en bons termes, je vous aime bien et je ne suis pas fâchée, je suis juste…

— Juste prudente ? suggéré-je d'une voix aigre.

— Parfaitement. Parce que ma vie en dépend. Et tu devrais en prendre bonne graine. Mais sans rancune. Passes donc aux soirées données par Meyer si tu veux me voir, ça me fera toujours grand plaisir. On se reverra bientôt… peut-être.

Manon agrippe ma veste. Son souffle alcoolisé chatouille mon visage tandis qu'elle glisse à mon oreille.

— Ce n'est la peine de bouder pour quelques billets… la vie est bien courte. Amuse-toi avant que le vent tourne.

Je me défais de son emprise et lui claque la porte au nez.

CHAPITRE 5

Heinz

À l'ombre d'un colossal Tigre flambant neuf, je tire sur la cigarette que je pince entre mon index et mon pouce. À travers la fumée que j'expire, mon regard embrasse le calme oppressant du paysage. Malgré les rivières et les taillis qui la sillonnent, la plaine souffre de la chaleur. Des nuages ourlés de noir se pressent à l'horizon, annonciateurs de l'orage prochain. Voilà qui ne va pas faciliter les choses.

J'écrase mon mégot sous ma botte. La peau de ma main est aussi moite que celle de ma nuque. Les vestiges de ma brûlure se rappellent à moi, et je sens la tension renaître dans mon cou et remonter le long de ma mâchoire. Pour un peu j'en aurais des crampes dans les épaules.

L'ordre tombé au matin me rend nerveux. Je vais devoir mener un assaut meurtrier : nous allons nous emparer des postes d'observation ennemis situés sur les collines. La mission doit être achevée avant la nuit, afin de préparer la grande offensive contre Koursk.

On nous a fait écouter un message d'Hitler en personne qui, pour galvaniser les troupes, c'est à dire nous, hurlait dans le poste : « *Soldats du Reich ! Vous participez aujourd'hui à une offensive d'une importance considérable. De son résultat peut dépendre tout le sort de la guerre. Mieux que n'importe quoi, votre victoire montrera au monde entier que toute résistance à la puissance de l'armée allemande est vaine.* »

Ce discours me laisse perplexe. Avons-nous réellement de sérieuses chances de remporter une victoire ? Si nous enfonçons le front, nous pourrions reprendre l'avantage. Mais est-ce vraiment ce qu'il faut espérer ? Après ce rugissant discours, un éclair de folie a allumé les yeux de Kluge : « On va les envoyer en enfer tous ces suppôts de Staline ! Maudits chiens russes, nous voilà ! »

Certains ont surenchéri, quelques-uns ont ricané, tous ont approuvé. La ration de boites de conserve a été engloutie à la hâte. Et depuis lors, nous tournicotons autour des chars. Après une dernière vérification des armes, nous exhibons nos photos. Fiancées, famille, frères d'armes, les clichés sont divers mais tous appellent leur lot de commentaires et d'exclamations. Finalement, les images achèvent leur parade et regagnent les profondeurs obscures des vareuses.

Le commandant me fait signe. C'est l'heure de rappeler mes hommes éparpillés autour des blindés. Je garde avec moi Kluge, Brandt, Kraft et Schmit, et je saute dans le Tigre à leur suite.

À l'intérieur du blindage, la chaleur étouffante nous enserre la gorge. L'air pue les relents d'huile et d'essence. Je cale mon casque sur mes oreilles.

Les yeux rivés sur la meurtrière, Schmit fait ronfler le moteur et les chaînes se mettent en branle, nous propulsant en avant dans un bond rugissant. Je déplie l'antenne radio et grimpe dans la tourelle, mes jumelles en main. Dans le casque, le commandant me rappelle l'objectif à atteindre, quel qu'en soit le prix : il y va de la victoire prochaine sur Koursk et, si on voit encore plus loin, de la victoire finale.

Notre division longe la rive droite de la rivière Donets. Les arbres masquent la vue, mais pour ce que j'en aperçois, la plaine demeure figée dans une immobilité latente que seuls nos véhicules viennent troubler en soulevant des nuages poussiéreux. Je me laisse glisser dans le ventre du blindé, verrouillant la trappe de la tourelle derrière moi. L'équipage est tendu.

— Ce putain de calme me fout les nerfs en pelote, lieutenant ! maugrée notre conducteur.

— Ouais, sûr qu'Ivan va nous tomber dessus ! prédit Brandt qui sue à grosses gouttes.

Je colle mon œil au périscope. Désormais la poussière soulevée par notre passage forme un écran opaque qui nous isole les uns des autres.

Tout d'un coup, un vacarme assourdissant me projette contre le métal de mon instrument. Je pousse un juron, le front en sang. Mon regard à nouveau vissé dans la lunette, j'ajuste mon casque. Le commandant hurle des imprécations qui me déchirent les tympans, des filets de sang se frayent un chemin dans mes sourcils. Je n'ai pas le droit de lâcher ce périscope. Malgré les nuages ocre qui volent autour de nous, j'entrevois les débris d'acier qui se fichent dans la terre. Un des nôtres a sauté sur une satanée mine. Le commandant a fait la même analyse que moi ; il crache ses ordres : il faut immédiatement quitter la piste et se déployer.

Nous doublons le brasier crépitant. Je suis agrippé au manche du périscope tandis que nous dévalons des pentes irrégulières, fauchant les épis qui se couchent sous notre passage, environnés d'un mur ondoyant qui réduit la visibilité. De droite, de gauche, des blindés amis nous précèdent et nous suivent en cahotant.

J'éponge ma blessure au front avec un chiffon taché d'huile. Mais à peine ai-je repris mon observation qu'un canon antichar manque de pulvériser le Tigre qui nous précède. L'obus le rate de peu et se fracasse sur les berges d'un bras d'eau, soulevant une nébulosité terreuse. Un nid de mitrailleuses crache sur les blindages, et, derrière le rideau de blé, le réservoir d'un char s'enflamme.

L'équipage tente d'en réchapper mais les silhouettes noires de mes camarades inconnus s'écroulent les unes après les autres. Les mitrailleuses s'en donnent à cœur joie.

— Nid de mitrailleuses à 2 heures. Cent mètres.

Je crie, pour couvrir les tambourinements fous de mon cœur, pour me sentir encore en vie.

Kluge triture les boutons. Le lourd canon vire et un éclair de feu pulvérise les fourrés. Mes beuglements reprennent, antidote au déferlement de peur qui me noie.

— On fonce ! On fonce, il nous faut cette colline ! Kraft, éteins cette radio ! Réagis bon Dieu ! Les Russes doivent être en train de nous écouter !

Enfermés dans le blindage, mes hommes, hormis Schmit qui ne lâche pas la meurtrière, ne peuvent que deviner ce que je vois. Des blindés s'enflamment simultanément. Des ombres qui se faufilent dans le blé.

— Plus vite qu'on sorte de ce maudit champ !

Une secousse nous fait trembler. Kraft heurte violemment la paroi et rebondit contre elle, c'est comme si le métal était fait de mousse. Le feu dévore l'arrière du blindé qui roulait à nos côtés la seconde précédente. Pas un homme n'en sort.

— Les salauds, ils leur ont mis une mine dans le pot d'échappement ! hurle Brandt.

Terreur et haine nous galvanisent. Si près de la mort, nous avons la même rage, le même désespoir ardent, celui de vivre. Le moteur ronfle de plus belle, et notre monstre noir fonce droit devant, sans pitié pour nos corps ballottés, sans considération pour qui pourrait se trouver sous nos chenilles. Nous pourrions bien écraser une ribambelle d'enfants, qu'importe, nos chaînes grincent, l'essence nourrit notre furieuse envie d'en réchapper.

Des obus continuent de fuser, ils tombent ailleurs, ils tuent mais nous épargnent, et c'est la seule vérité du moment. L'inclinaison qui mène vers le faîte des collines me donne des ailes, je hurle de plus belle, les oreilles en feu, la gorge brûlée. Ça y est, nous avons dépassé le barrage.

Nous nous précipitons dans la tourelle. S'extraire du blindage, c'est chaque fois une nouvelle naissance. Un retour au monde, à la vie, à l'immensité.

Et pourtant dehors, c'est laid.

Le paysage bucolique n'est plus, il est engorgé de fumées noires et toxiques, baigné de relents de caoutchouc et de chair brûlée.

Je devrais être satisfait. La première partie de ma mission est accomplie, les avant-postes neutralisés. Tout est prêt pour la grande offensive de demain. Mais je suis las. Je m'endors sous le blindage, recroquevillé à côté de mes hommes. Nous voilà redevenus fœtus, le Tigre est notre mère, une mère ambivalente, aussi protectrice que dangereuse.

En pleine nuit, l'orage crève. La pluie drue tambourine les blindages et mouille la terre transformant notre matelas terreux en bourbier. Pas de repos, cette nuit.

Je me glisse hors de cette couchette inhospitalière. De nouveaux grondements, puissants et continus illuminent l'horizon. Est-ce que l'orage reprend de plus belle ? L'illusion ne dure qu'une fraction de seconde. L'artillerie russe ne nous laisse aucun répit.

Avec mes frères d'armes, je saute dans le blindé. Un obus fracasse le maigre sous-bois où, comme les autres officiers, je comptais camoufler notre engin. Nous sommes tous à découvert, tous pris par la même frénésie, il faut se dissimuler, mais où ? La scène est incroyable par son ampleur. Des centaines de chars tournoient et s'entrechoquent dans un mouvement désorganisé. Encore abruti de sommeil et de courbatures, je fais virer et tourner le Tigre. Nous nous dirigeons vers un renfoncement de terrain. Là, en relative sécurité, nous nous écroulons d'épuisement. Je m'assoupis contre le canon.

Dans le petit jour, un ronflement grandit. Cette fois le danger vient du ciel. Des *jabos* ? Le cœur battant, j'ouvre la trappe, je grimpe dans la tourelle.

— Non ! Ce sont les nôtres !

Une formation de *Stukas* se profile à l'horizon. Les avions de chasse nous survolent à grand bruit et dépassent la petite colline pour lâcher des chapelets de bombes plus loin. Je referme la trappe de la tourelle. Les hostilités vont reprendre. Je chausse mon casque et comme je m'y attendais, l'ordre tombe : il faut remettre les gaz, tout de suite.

Autour de nous, les obus pleuvent avec une vitesse et une précision inquiétantes. Un souvenir incongru me traverse, une vision tranchante comme un poignard, celle d'Adèle, de sa peau tendre, de son doux visage transformé par le plaisir. La reverrais-je seulement… ? Au travers du périscope rugissent les sifflements pourvoyeurs de mort. Les flèches de feu s'abattent de manière aussi absurde qu'inévitable. Je hurle.

— Stop ! Fossé antichar à vingt mètres !

Le blindé marque l'arrêt.

— Et rempli d'eau avec ça ! On se serait noyés, fait remarquer Schmit, l'œil collé à la meurtrière.

— Ce serait trop bête, ricane Kluge, on est à deux doigts de foutre une raclée à ces enfants de salauds !

— Vire à droite pour le contourner.

— Bien mon lieutenant.

Je n'ai d'autres choix que de monter dans la tourelle pour surveiller la délicate manœuvre. Les chenilles patinent dans la boue. Tout à coup, surgissant du bois, un des nôtres arrive à vive allure. Par de grands signes, j'essaye de le prévenir du danger mortel, mais l'équipage fonce droit sur le fossé et s'y jette, en soulevant une colossale gerbe d'eau.

Je bondis hors du Tigre. Les blindés ne sont pas étanches, nous savons déjà ce qui va se produire… Bien que ce soit imprudent, Kluge et Schmit sont sur mes talons.

— Vous êtes fous ! Les gars… Lieutenant… revenez ! crie Kraft depuis la tourelle.

Sourd à ces appels, je m'acharne sur la poignée de la seule trappe restée accessible. Kluge s'arc-boute, et nous tirons de toutes nos forces, bien décidés à libérer nos frères d'armes du piège mortel. Rien n'y fait. L'ouverture est certainement verrouillée de l'intérieur comme le veut la procédure. Quelqu'un tambourine désespérément contre le blindage qui se remplit d'eau, et nous augmentons nos efforts, en vain. Je saute sur la berge du fossé, impuissant, rageur. Les autres trappes sont immergées. Kraft tente à nouveau de me rappeler à la raison, il hurle. Un sifflement me perce les tympans et fait plonger Kraft dans le ventre de notre blindé. La seconde suivante, un obus décapite le bosquet qui se trouve à une dizaine de mètres du fossé.

Schmit se précipite vers le Tigre, Kluge reste suspendu à mon indécision.

Autour de la carcasse métallique, des bulles éclatent. Ma main broie la crosse de mon P38. Mais que peut mon arme contre une paroi blindée ?

Les jours suivants s'égrènent dans l'attente. Une aube se lève, une journée s'éteint. Et puis un matin, comme la nuit s'arrache du ciel, des combats aériens ébranlent les planchers d'acier. Les impacts résonnent si profondément dans la terre que nos mâchoires vibrent. La grande offensive est lancée.

En lignes serrées, nos blindés font rugir la plaine. Derrière nous s'élancent les bataillons d'infanterie et les pionniers porteurs de lance-flammes ; tandis que devant nous, se dresse un mur d'explosifs, de mines et de canons. D'hommes aussi, car des vagues de fantassins russes déferlent soudain d'entre toute cette ferraille. Certains, trop lents, sont happés par les chenilles qui les réduisent en une infâme bouillie d'autres, plus agiles, envoient leurs bouteilles enflammées contre les réservoirs qui se trouvent à leur portée.

Les ventres d'acier explosent en mille étincelles d'acier et de sang. Les canons antichars orchestrent cette macabre chorégraphie de leurs sifflements stridents.

Les énormes T34 russes ruent massivement. Le combat est frontal. Notre moteur connaît une poussée et nous nous jetons dans la mêlée. C'est le choc. Titanesque. Les T34 filtrent les lignes, passent de tous les côtés, se répandent, sèment une confusion mortelle. Qui est ami ? Ennemi ? Je force sur mes yeux, mais le périscope ne m'aidera guère aujourd'hui, tant le chaos est indescriptible. Je n'ai pourtant pas le droit d'hésiter. Au jugé, mes ordres claquent. Les hommes chargent les grenades explosives, tirent plus ou moins à l'aveuglette dans cette faune démoniaque ; je les encourage, passant furtivement de la lunette et à leurs visages blêmes ; la sueur mouille nos regards qui se fuient ; les saccades nous laissent haletants. Le *feldwebel* Kraft geint et tremble, incapable d'agir, je le moleste, il divague, prostré. Je l'abandonne à sa panique. Pas le temps de le remettre sur les rails. Le périscope me devient accessoire inutile. Je fais de mon mieux, mais différencier nos cibles de nos alliés est quasiment impossible. Dehors, les incendies écrasent l'horizon dans un noir magma griffé d'éclats phosphorescents. La lumière du jour s'est éteinte, avalée par une obscurité faite de sursauts apocalyptiques. L'infernale tuerie propulse acier contre acier, chair contre chair.

Et je ressens la puissance malsaine de ce tableau frénétique, je suis l'un de ces pantins qui tressautent au rythme de son moteur, l'un de ces tueurs sans pitié aucune, et je distribue d'un mot le feu où je le veux.

Un ordre hurlé dans la radio me dégrise. Le commandement appelle au repli. Mais où aller… ? Je m'abîme les yeux sur la boussole, sur la lunette, nous essayons de manœuvrer à l'ouest sur ce sol dégoulinant de sang et de métal fondu.

Lorsque le vacarme s'estompe, je me risque à ouvrir une trappe : nous sommes entourés de blindés allemands.

Je grille une cigarette, assis contre le blindé. Mes jambes étalées, soumis à la caresse irrégulière des courants d'air qui se frottent à moi, je regarde le soir qui tombe. Non loin, des officiers d'état-major, arrivés en véhicules légers, uniformes amidonnés, s'entêtent en dépliant des cartes.
« Demain on fera mieux… On percera les lignes russes et à nous la victoire ! »
Je souris à leurs rêves absurdes. Le lendemain et les jours suivants verraient encore de nombreux massacres, mais de victoire il n'est pas question. Nous nous enfonçons dans la défaite et notre tourment ne fait que débuter. Seuls des idiots refuseraient cette réalité. Mais enfin, ce soir, les fumées se dissipent, les carcasses carbonisées s'éteignent, et le goût du tabac vient tapisser mes poumons en même temps que l'air âcre s'engouffre dans mes veines.

L'immensité dévoile ses diamants glacés, et moi je suis vivant, je fais encore partie de ce tout, voilà le soulagement qui me rend infiniment méprisable, mais infiniment heureux aussi.

Ne manque à mon bonheur malsain qu'Adèle. Elle est ce vide qui persiste, elle est cette place inoccupée auprès de moi. Oui, c'est incongru sans doute mais j'aimerais qu'elle soit là… Assise en tailleur dans cette herbe piétinée par les bottes et écrasée par les chenilles ensanglantées. Ses mains reposeraient dans les plis de sa jupe, s'agiteraient au rythme tendre de ses paroles à la manière étrange qu'ont les Français de remuer pour accompagner leurs discours.

Elle pourrait rire, et je ne me retiendrais pas de plonger mes doigts dans son corsage, de suivre la rondeur exquise de sa poitrine, de m'enivrer de son parfum moite ; puis relevant les yeux je verrais se dessiner sur son visage cette moue ambiguë que je ne sais interpréter, parce qu'elle contient tout le mystère de son âme, cette indéfinissable et merveilleuse altérité qui m'échappera toujours.

Elle n'est pas là. Je suis assis seul dans la nuit. Que fait-elle à cet instant ? Son monde est si éloigné du mien. Un sifflement perce la voûte, trace un fil blanc dans le ciel noir, puis plonge quelque part avant de mourir dans un grondement. Les tirs, encore et toujours. Pas de répit, mais c'est trop loin pour être dangereux. Alors je reste là, ma cigarette pincée entre mes lèvres. Un bouquet d'étincelles s'agite au loin. Une valse rougeoyante frange l'horizon.

Le *feldwebel* Kraft s'affale à côté de moi. Il retire ses bottes avec une grimace. Quel idiot ! Une imprudence qui peut lui coûter la vie. Et puis je n'ai pas oublié son comportement pendant l'assaut.

— Tu ferais mieux de garder tes bottes… lui dis-je froidement.

Le soldat stoppe son geste.

— Vu les évènements en cours, tu dois te tenir prêt. Si tu veux avoir une chance d'en revenir.

Honteux, Kraft se résout à remettre ses bottes poussiéreuses. Lui non plus n'a pas oublié l'épouvante qui l'a saisi dans le Tigre.

— Vous avez un sacré sang-froid, lieutenant.

— J'ai peur, comme toi. Seulement faut pas que cette peur se transforme en panique. C'est nuisible. Pour tout le monde. Quand c'est le moment, tu dois arrêter de réfléchir. Seulement ressentir l'énergie qui va te jeter en avant. Tu comprends ?

— Euh… Oui, lieutenant.

Je le laisse méditer ce conseil, tout en sachant qu'il est beaucoup plus aisé à énoncer qu'à appliquer. À quel moment ai-je pu dompter l'effroyable épouvante qui monte dans le corps au moment de tuer pour survivre ? Je ne sais plus. Je sais seulement que je l'ai transformée en pulsion de mort et que c'est efficace.

— Mon frère parlait comme vous…
— Condoléances, soldat. Il était dans quel corps ?
— Affecté aux pionniers, lieutenant. À Stalingrad.
— Stalingrad… répété-je, lugubre. Cette ville… Tant de pertes. Cette ville… est un cimetière.
— Y a eu quelques miracles. Un des camarades de mon frère est sorti du chaudron… Il y avait des gars de toutes les armes avec lui. Ils ont été soignés et réinjectés.
— Mon frère y était aussi, marmonné-je. Douzième compagnie, quatrième régiment. L'infanterie. Tous y sont restés.
— Vous avez reçu la lettre vous aussi…

Sa remarque me fait froncer les sourcils :
— Non. Pas de lettre…

Le *feldwebel* frotte ses talons contre l'herbe.
— Eh bien… c'est étrange.
— Simple détail postal.
— Peut-être… enfin, c'est possible aussi… Vous savez, le camarade de mon frère me l'a écrit, il y avait des fous, des amnésiques, des blessés hors d'état de décliner leurs identités… c'était un vrai foutoir. Alors peut être que… qu'il n'y est pas resté. Votre frère.
— Sottises. Les plaques nous identifient.
— Justement.
— Il est mort, va dormir, le rabroué-je.

CHAPITRE 6

Adèle

Le poids de mon péché commence à se faire sentir. J'ai du mal à fermer jupes, chemisiers et blouses. Bientôt, il faudra que je trouve des vêtements plus amples. L'arrivée de cet enfant va me coûter cher, et pas seulement en termes de réputation. Le lieutenant m'envoie presque la totalité de sa solde, Otto Meyer me prête ce dont j'ai besoin.

Certains jours, de ceux où mon moral descend en flèche et où ma lucidité remonte d'autant, les mensonges que je me tisse se dépouillent de leurs oripeaux illusoires. Ces jours-là, la vérité me revient au visage, et je me déteste car je sais ce que je porte en mon sein, un bâtard à demi allemand, et je sais comment je lui permets de grandir, car il se nourrit, tout comme moi, de butins sanglants.

Oui je me déteste autant que j'aime cette petite créature qui pousse dans mes entrailles. Barbouillage de haine, de honte et d'amour qui me retourne l'estomac.

Je viens d'adresser un courrier au lieutenant. Je lui annonce cette grossesse. Il n'a pas encore répondu. Ai-je bien fait de le mettre au courant ? Je n'ai pas eu le choix : Otto Meyer a bien vu mon ventre s'arrondir.

J'entrouvre le vasistas. Il fait chaud et le ciel d'été se colore d'un bleu profond. Les toits parisiens argentés luisent, renvoyant des éclairs éblouissants.

La petite chose qui vit en moi remue énergiquement, je sens ses mouvements me traverser. Il est là, déjà assuré d'être aimé, il n'essaye même pas de se faire oublier, de s'excuser. Peut-être sera-t-il comme son père, doté d'une assurance si proche de l'arrogance ? Je souris bêtement à cette idée. Mais ce pourrait aussi bien être une fille.

D'une main, je rabats le battant du vasistas. Les remous s'apaisent dans mon ventre. Je chausse mes sandales compensées, attrape mes clés, mon sac. Dans une heure à peine, Madeleine aura terminé son service. Nous nous promènerons toutes les deux.

Le soleil cogne. Je m'installe dans un café proche de la caserne, et je sirote une limonade. Peu après, Madeleine vient vers moi, toute excitée.

— Viens, faut que je te cause ! Allons faire un tour aux Tuileries, on sera plus au frais.

À l'entrée des jardins, un policier contrôle nos papiers avant de nous laisser passer. Nous nous mêlons aux Parisiens qui flânent sous les marronniers.

— Mon frère Georges a été envoyé à Saint-Nazaire pour son STO, sur les constructions de l'Atlantique. Eh bien, j'ai trouvé une solution pour toi et le bébé. Il y a une clinique, par là-bas, qui accueille les filles-mères. Des bonnes sœurs, elles ne posent pas de questions. Ce serait peut-être bien d'aller y accoucher, parce qu'ici, sans père...

— C'est gentil de te préoccuper de ça, mais il faut que je réfléchisse. Je me sens bien à Paris. C'est anonyme.

— Comme tu veux, mais penses-y. Là-bas, tu peux rester quelques semaines avec le petit. Ici tu n'as personne, à part moi, et je ne suis pas tout le temps disponible. Ça risque d'être dur.

— Oui ce sera difficile. Quoiqu'il en soit.

— Tu seras seule.

— Je sais.

— Et n'espère pas trop du côté du lieutenant...

— Arrête.

— Adèle, bon sang, tu sais ce qui se passe quand on espère trop…

— Mais changeons de sujet. Tiens, regarde ce que j'ai chipé aux cuisines… des galettes au beurre ! Ça ne se refuse pas, surtout dans ton état !

Je lui concède un sourire. Je sais qu'elle a la tête sur les épaules, et qu'elle veut mon bien. Que je devrais moi aussi être rationnelle et faire taire cette voix qui me dit d'y croire ! Mais je vis d'espoir. Et si je tue cette étincelle qui me torture autant qu'elle m'insuffle d'énergie, je vais m'éteindre. J'en suis persuadée désormais, on peut mourir de chagrin. Je mange, je dors, je respire, mais il y a au fond de moi cette cruelle incertitude qui n'attend que d'être levée, pour que tombe la sentence. S'il ne revient pas, je ne pourrai plus continuer à mimer tous ces gestes qui me donnent l'apparence du vivant. Parce que ce serait trop lourd de plus rien attendre, de ne plus rien espérer, de vivre en vain. Mais et l'enfant… ? Je ne sais plus, je ne me sens plus capable de grand-chose.

Des sirènes rugissent. La foule se disperse. Le mouvement général m'éloigne des souterrains et me porte vers le porche d'un cinéma tout proche. Un vieil homme, une étoile jaune cousue à sa chemise, manque de me faire trébucher. Je l'évite de justesse, le retiens dans sa chute et nous atteignons ensemble le hall au moment où des tirs de DCA se mettent à claquer dans le ciel.

Je rejoins Madeleine en jouant des coudes dans cette masse apeurée. Par-dessus les têtes, un cri hystérique s'élève :

— Vous ! Sortez d'ici ! Eh ! Vous êtes aveugles ou quoi ? Vous n'avez pas vu son étoile… C'est un youpin ! Qu'il sorte !

Les gens se détournent. Le policier qui nous a contrôlés à l'entrée du jardin essaye d'apaiser les choses dans un geste paternaliste.

— Laissez-le ! Nous réglerons cette affaire après l'alerte. Si monsieur n'est pas en règle, je m'en chargerai.

— Vendu ! dénonce une voix, protégée dans son anonymat par le groupe compact.

Une insulte fuse sans que l'on sache à qui elle est destinée, des mots rageurs dominent le brouhaha sans plus trouver d'autres réponses que des approbations. La polémique cesse soudain, couverte par l'effroyable bourdonnement qui nous survole.

Je voudrais m'isoler de ce monde abject. Mais la frontière de mes paupières closes est insuffisante. Le monde est là, en moi, et sa complexité vibre jusque dans le tréfonds de mon ventre, jusqu'à secouer la petite créature qui s'y loge. Une bouffée de tendresse et d'angoisse me submerge, parce que cette vie est là, et que je dois la protéger. Je me cramponne à mon ventre. Des détonations retentissent au loin. Le silence me fait ouvrir les yeux. C'est la fin de l'alerte. Madeleine et moi échangeons un même soupir de soulagement avant d'être ballottées vers la sortie. Le policier n'a pas lâché le bras du Juif, et je croise le regard désemparé de cet homme emporté vers une fourgonnette, et je baisse les yeux, consciente de son sort mais impuissante à lui venir en aide.

Dehors, les avions ont semé la destruction. Une bombe a percé la voûte du métro. À la place de la station que des centaines de malheureux avaient choisie comme abri se découpe un cratère béant. Des rescapés aux vêtements déchirés et ensanglantés remontent des profondeurs, telle une armée de morts-vivants arrosée par les eaux bouillonnantes d'une canalisation rompue.

La tante de Madeleine se tient dans l'ombre de la cour intérieure de l'immeuble, assise sur un pliant orangé. Elle se redresse difficilement, le dos courbé. Je lis l'émotion sur ses traits.

— Mado ! Quelle frousse… ces bombardements… ce n'est pas tombé bien loin ! Tout va bien ?

— Nous avons trouvé refuge dans un cinéma… mais ceux du métro ont eu moins de veine… une bombe a explosé sur le métro, c'était horrible… tous ces gens…

Je réalise que nous venons d'échapper au pire, Madeleine, moi et celui qui se cache dans mon ventre. Je n'arrive pas à penser « le bébé ». Je n'arrive pas à le visualiser. Je le sens, je le ressens et c'est déjà beaucoup.

— Je vois déjà les gros titres de demain, prophétise ma logeuse : « *J'ai vu les Anglais anéantir Paris* », « *L'aviation anglaise massacre…* »

— Je vais monter, je me sens fatiguée, dis-je. Trop d'émotions.

— Attendez, mademoiselle, fait la tante en appuyant volontairement sur le *mademoiselle,* un monsieur a laissé une lettre pour vous, sous votre porte.

— Et pourquoi se trouve-t-elle entre vos mains en ce cas ?

— … les courants d'air ! Vous aviez dû laisser votre fenêtre ouverte, parce que oui, ça faisait des courants d'air là-haut, et votre lettre traînait sur le palier. Estimez-vous heureuse que ce soit moi qui l'ai ramassée…

Je tends la main, j'ai une pensée pour mon amant, mais je le sais cette missive ne peut pas être la sienne, puisque son courrier n'arrive que par le biais d'Otto Meyer. La vieille extirpe un papier soigneusement plié en quatre de la poche de son tablier, elle ménage son effet, comme pour me punir de mon insolence et, à son regard torve, je devine qu'elle l'a lu. Je m'empare du courrier avec impatience.

— Merci, je vais monter la lire. À bientôt Madeleine.

Je grimpe les escaliers aussi vite que mon état me le permet et je claque la porte derrière moi pour être tranquille. La feuille est parcourue d'une écriture ronde et irrégulière qui m'est inconnue.

« *Adèle, si je t'écris ces mots au lieu de venir te voir, c'est que ce serait trop dangereux pour moi. Je dois me faire discrète. J'ai envoyé un proche de confiance te porter cette lettre à ma place et j'espère que tu pourras faire quelque chose. Il est arrivé malheur à ton frère. Hier. Il semble qu'il ait été blessé mais qu'il soit vivant. Entre leurs mains. Où ? Je ne sais rien de plus, un ami qui m'a prévenue. Ils me recherchent sûrement... Voilà pourquoi je quitte Paris. Je ne peux pas t'en dire davantage. Je sais que tu fréquentes des gradés ennemis. Guy a refusé de m'en dire davantage, il est très choqué par tes choix et moi aussi je dois dire, mais il reste ton frère, et si tu pouvais faire quelque chose pour lui, je te serais éternellement reconnaissante. Si tu as des informations à faire passer à mes amis, tu peux te rendre à l'église Saint Sulpice, le samedi matin et demander à parler au père Dubreuil. Tu lui diras que les fleurs sont fanées et il prendra ton message. Si tu y vas, fais bien attention à ne pas être suivie, fais des détours. J'espère que je ne me trompe pas en te donnant ces informations. Je sais que cette lettre est d'une imprudence folle mais je n'ai pas d'autres choix. Détruis-la dès que tu l'as lue et n'oublie pas que ton frère t'aime malgré ce qu'il a pu dire. Jeanne.* »

Je dois relire la lettre deux fois pour comprendre : Guy ! Combien de temps va-t-il tenir ? J'inspire, j'étouffe, et un étau de douleur me ceinture le ventre. Les mains crispées sur la lettre, je me plie en deux. Des pensées fusent, portées par un flot de culpabilité. Je dois faire quelque chose... Un œil à ma montre m'indique qu'il est dix-huit heures trente. Otto Meyer est peut-être encore à son bureau. Je brûle la lettre au-dessus du lavabo, puis je me jette un peu d'eau à la figure pour reprendre mes esprits. Mes contractions sont passées. Je dévale l'escalier.

À l'hôtel Lutetia, on m'apprend qu'Otto Meyer est en rendez-vous. « On ne peut pas le déranger », insiste la secrétaire qui me fait patienter dans un couloir flanqué de banquettes de moleskine. Je fais les cent pas, trop nerveuse pour m'asseoir. Où est Guy à présent ? Est-il encore en vie ? Otto Meyer vient me chercher en personne :

— Mademoiselle Adèle... Vous ici ! Venez, entrez. Je n'ai pas beaucoup de temps. Je suis invité chez l'ambassadeur du *Reich* d'ici une heure.

— Je ne serai pas longue.

— Je vous écoute, fait l'officier qui me désigne la chaise sur laquelle je me suis laissée tomber. Que se passe-t-il ?

— Puis-je vous parler... euh, eh bien... franchement ?

— Bien sûr. Nous sommes presque de la même famille maintenant. Pourquoi ces mystères ?

— Mon frère a été arrêté hier par la police allemande, et je ne sais pas où il se trouve. Il a été blessé... il est peut-être déjà mort !

— Après le frère de votre amie, le vôtre... Et pourquoi a-t-il été arrêté ?

— Je ne sais pas. Il s'agit certainement d'une erreur.

— La police allemande ne fait pas d'erreurs. C'est pour cela que nous avons gagné la guerre. Parce que nous sommes disciplinés et précis, et que les gens que nous arrêtons ne sont pas pris par hasard. Alors si votre frère a été arrêté, c'est qu'il y a une raison. Mais dites-moi ce que vous savez de cette affaire. Donnez-moi des détails.

Le ton de l'officier nazi est posé, pédagogue, presque doux. Mais je ne m'y fie pas ; pas plus qu'à cette lueur avenante qui joue dans ses pupilles.

— Je ne sais rien, rien du tout.

— Mademoiselle Denestre...

— Delestre.

— Delestre, répète-t-il, pensif. Quel est le prénom de votre frère ?

— Guy...

Je me mordille les lèvres. Ai-je bien fait de lui jeter ce prénom dont il semble se délecter ? Guy avait-il changé d'identité ? Se pourrait-il que je sois en train d'aggraver la situation ?

Le silence qui suit mon dernier mot m'étreint. Ma voix flotte encore à mes oreilles, tandis qu'Otto Meyer prend des notes sur un calepin. Il me scrute, tapote son stylo contre son bureau, puis compose un numéro sur le cadran de son téléphone. Une discussion en allemand s'en suit au rythme profond de ce ton velouté qu'il sait si bien manier. De temps en temps, il me jette un regard en coin. Puis il raccroche, passe un autre appel en fixant sa montre, fronce les sourcils. Quand cette conversation est terminée, un sourire fige ses lèvres.

— Dites-moi, mademoiselle, je me questionne.

Incapable de prononcer un mot, je reste muette.

— Qui vous a informée que votre frère était blessé, puis arrêté ? Êtes-vous en contact avec sa femme, ou ses amis ?

— Je ne sais... rien. J'ai vu sa femme par hasard, elle m'a dit qu'il avait été arrêté, ça m'a inquiétée, je suis venue vous voir. Le lieutenant Sieber m'avait dit qu'en cas de problème, je pouvais compter sur vous.

— Heinz a bien fait de vous envoyer vers moi, confirme Otto Meyer qui glisse depuis son fauteuil jusque devant moi.

Il appuie son postérieur sur le coin du bureau.

— Quand et où avez-vous croisé sa femme ?

— Aujourd'hui... au moment du bombardement... Je m'étais réfugiée dans un cinéma et le hasard a fait que...

— Le hasard fait tellement bien les choses, n'est-ce pas ?

Sa question doucement menaçante me donne la nausée ; de toutes mes forces, je lutte pour réfréner la peur qui humidifie tout mon corps. Il ne doit pas se rendre compte à quel point il m'épouvante...

— Est-ce que vous savez quelque chose pour mon frère ? m'étranglé-je, et si c'est le cas, puis-je... savoir où il est ?

L'officier fait une moue, puis une expression implacable masque le rictus qui a relevé ses lèvres :

— Votre frère est accusé d'appartenir à un réseau terroriste. Mais je vous remercie ma chère, votre coopération nous a été très utile.

Je me décompose. Des étoiles tournoient sous mon crâne. Il poursuit :

— Quant à vous, j'espère que vous saurez vous préserver des mauvaises fréquentations… Ne vous mettez pas inutilement en danger. N'oubliez pas que vous portez un enfant du grand *Reich*.

Notre entrevue s'arrête là mais le rire douceâtre de Meyer me poursuit jusque dans les rues parisiennes. Je le déteste. Je le déteste si fort. La haine que je lui voue se dispute à la colère que je me destine. Quelle idiote je fais ! Je ne peux croire que je viens de commettre une si fatale erreur… Mais Jeanne ne m'a pas avisée et je n'ai pas l'habitude de ces jeux de dupes. Peut-être, mais je viens d'aggraver la situation et là, à errer dans ces rues, je me sens affreusement stupide. Le soir tombe sur Paris. Bientôt l'heure du couvre-feu. Pourtant de tendres nuages roses moussent au-dessus des toits… Je me perds dans une improbable contemplation… avant de me résoudre à revenir au réel. Que faire, vers qui me tourner ? Je bifurque rue de Rennes, en direction de l'église Saint-Sulpice. La nef est fraîche en comparaison de l'air tiède du dehors. Des frissons courent sur ma peau. Je presse le pas jusqu'aux premiers rangs, je me laisse choir sur un banc. Le temps s'écoule dans cette odeur de pierre et d'encens, une attente vaine car Jeanne a bien précisé qu'il faudrait voir le père Debreuil *samedi*. Dans deux jours, donc.

Cette nuit-là, le sommeil ne me fuit pas, il m'aspire, me relâche, me malmène et se joue de moi. Je passe d'un cauchemar à l'autre, aussi aisément que je m'éveille, je me rendors, je crois dormir et je suis consciente, et cette alternance qui défie toute raison me jette dans des abîmes peuplés de visions. Je chute et me noie, alourdie par cet énorme ventre qui accélère ma dégringolade, ma paroi se déchire et s'ouvre pour laisser apparaître le fruit de mon péché, un petit être chauve et ricanant... C'est Otto Meyer qui se tortille et expulse ce rire infect... Je me dresse haletante et en sueur. Je suis seule. Le rire du bébé monstrueux me perce les oreilles, ce sont en fait les sirènes antiaériennes. Encore une alerte. Il faut descendre à la cave. Machinalement je repousse le drap, prête à poser un pied au sol. Mais le découragement me saisit. Peut-être que c'est le moment de subir le sort que le destin me réserve.

Je me rallonge, j'attends ma punition tandis qu'au dehors, la nuit se déchire sous le feu des bombes et des tirs de DCA. Mon ventre remue de l'intérieur. J'ai l'impression que le lieutenant respire avec moi.

Ma nuit s'achève vers midi et un prénom me traverse l'esprit : Manon. Peut-être a-t-elle des relations capables de m'aider ? Lui parler de l'affaire ne peut guère aggraver les choses, puisqu'elle n'en saura pas plus que les Allemands qu'elle fréquente.

La porte s'ouvre sur un déshabillé de satin blanc. Cheveux entortillés dans un bandeau noir, Manon me dévisage avec bonne humeur. Un disque de jazz passe sur le phonographe, et la mélodie la fait chalouper malicieusement tandis qu'elle m'ouvre grand sa porte. Des relents de parfums épicés me sautent aux narines. Les jalousies laissent filtrer une lumière tamisée, des rayons de soleil effleurent timidement les meubles en bois de rose, caressent l'abat-jour de soie verte. Je m'assois dans le fauteuil. Face à moi, mon hôtesse triomphe.

— Ton état ne s'est pas arrangé, ma pauvre fille, on ne voit plus que ton ventre... Petit chou, tu as dû prendre une dizaine de kilos ! Au bas mot.

— Sans doute. Il ne reste plus que deux mois.

— Encore deux mois... ! La grossesse est une abomination.

— Je ne suis pas venue pour bavarder, je voulais te soumettre un problème délicat.

Je lui raconte l'affaire. Manon éclate de rire.

— Qu'est-ce que c'est que cette histoire fumeuse ? Et tu es allée voir Otto Meyer ? Je suis bien désolée pour ton frère, mais je ne peux rien pour lui. Tu t'es trompée d'adresse.

— Je me suis laissée dire que par tes relations, peut-être…

— On t'aura mal renseignée. Par contre, si tu as de jolies choses à vendre je suis preneuse.

— Réfléchis bien Manon. Le vent tourne. Tu me l'as dit toi-même. Les Américains ont repris la Sicile…

Manon repositionne un disque dans le phonographe. Elle fredonne en prenant des airs d'artiste, puis se cale à nouveau dans le fauteuil et, rajustant son déshabillé, me lance un sourire hautain.

— Je lis les journaux, j'écoute la radio, je couche avec des officiers… Tu vois, je suis bien informée. Mais d'ici à ce que les Allemands repartent de l'autre côté du Rhin… j'ai encore le temps de faire fructifier mes affaires.

— Si tu m'aides, tu auras toujours des témoignages en ta faveur au cas où…

— Mais qui te dit que je n'en ai pas déjà ? Tout s'achète.

— Parlons d'argent alors.

— Pourquoi ne pas l'avoir dit plus tôt ? Avec moi, tout se négocie. Attention, je ne fais pas crédit.

— Combien veux-tu ?

— Que veux-tu que je fasse ?

— Je voudrais sa libération.

— Les Allemands ne lâchent rien. Sauf, parfois, contre de bons renseignements… Mais ce n'est pas ainsi qu'il sauvera sa peau : ceux qui ressortent par la grande porte tombent aussitôt sous les balles de leurs anciens amis. Je sais de quoi je parle, crois-moi. Non, la seule solution, ce serait que ses amis le sortent de là… mais, dans ce cas aussi, ses chances sont très minces.

Le sérieux qui l'habite me porte à la confiance. J'avais deviné que ses airs délurés masquaient une intelligence aussi brillante que fourbe, et je me prends à admirer son égoïsme. Peut-être que c'est la meilleure voie à suivre finalement. Au fond, je ne lui suis pas si dissemblable. Qu'ai-je fait de ma vie ? M'assurer de survivre, de pousser au jour suivant cette carcasse devenue lourde, tendre une main à ceux que j'aime… voilà qui est déjà beaucoup. Que le reste du monde se débrouille, et au diable la morale !

— Peux-tu savoir où il est détenu et s'il est encore en vie ?

Elle hausse les épaules.

— Peut-être. Reviens me voir avec 500 francs demain matin. Attention : les murs ont des oreilles. Un mot et tu es morte dans l'heure.

— Évidemment. À demain alors. Merci.

— Ne me remercie pas. Je ne le fais pas pour toi. Je le fais uniquement pour l'argent et pour m'assurer un témoignage. Est-ce que c'est clair ?

— Ça l'est.

— Parfait. Je ne te raccompagne pas, tu connais le chemin.

Le lendemain matin, le ciel est noyé sous une pluie battante. Mon imperméable n'est pas assez couvrant pour me protéger des flèches glaciales que le vent décoche en tous sens, je cours jusqu'à la station de métro. Dégoulinante, échevelée, je m'engouffre dans le train qui m'amène devant chez Manon. La pluie me bat les mollets, noyant le grincement du portillon tandis que je me faufile jusqu'au perron, le nez levé vers la façade. Les volets sont tirés. Est-ce qu'elle dort encore ? Impatiente, je frappe du poing contre l'huis, jusqu'à ce qu'un battant couine au-dessus de moi. Manon me toise avec rancune. Elle marmonne quelque chose que le ruissellement d'eau avale, puis referme sa fenêtre avec humeur.

Après d'interminables minutes, la porte s'ouvre sur une figure contrariée.

— Je ne t'ai pas dit de venir à l'aube !

— Désolée.

Pourquoi est-ce que je m'excuse ? Je devrais arrêter de faire ça. Je me mordille la lèvre.

— Allez, puisque t'es là, je vais faire un café. Du vrai. Tu en veux ? Entre. Tu vas attraper la crève.

Je lui emboite le pas en grelottant.

— Merci.

— Tu es trop polie, ça te perdra, me fait remarquer Manon en allumant le gaz sous la casserole d'eau.

Sa remarque m'agace, j'envoie mon imperméable rejoindre le dossier d'une chaise.

— Et toi, c'est ta paresse qui te perdra, rétorqué-je.

Un rire enroué teinte les lèvres de mon hôtesse qui moud les grains.

— Pas si polie que ça la petite oie blanche, dis donc !

— Je ne suis pas une oie blanche.

— Tant mieux.

— As-tu obtenu des informations pour notre affaire ?

— Tu as l'argent ?

Je farfouille dans mon sac et lui tends une liasse serrée de billets. L'odeur du café envahit la cuisine, lui donnant tout d'un coup une chaleur familiale.

— Je recompte, tu permets ?

— Je t'en prie.

Vérification faite, Manon hoche la tête.

— C'est tout de même un comble que ce soit avec la solde d'un soldat boche que tu aies ces informations… J'espère que tu ne finances pas les activités de ton frérot avec cet argent…

Quoique, ce serait amusant ! J'ai toujours eu un penchant pour les situations tordues.

J'approuve d'un hochement de menton. Ce que je pressentais la veille se confirme. Nous ne sommes pas si différentes elle et moi. Voilà, je me sens proche d'une prostituée dénuée de tout sens moral. Sans doute que ce constat devrait me couvrir de honte. Mais non, justement, je ne ressens rien de tel. Je me sens libre, étonnement réconciliée avec moi-même, détachée de toute considération morale. Manon dispose devant nous deux tasses de porcelaine, aux anses en forme de cygne. Elle y verse le café et un petit nuage parfumé flotte à mes narines.

— Ton frère est vivant, mais sérieusement blessé. Il est à l'hôpital militaire de Clamart, sous bonne garde. Dès que son état le permettra, ils le transféreront rue des Saussaies pour l'interroger... et là ce sera la fin. À moins que tu ne connaisses des... gens. Moi je ne peux rien y faire.

J'aspire une gorgée qui me brûle la gorge.

En quelques stations de métro, je me retrouve à l'église Saint-Sulpice. Parvenue au premier rang, j'attrape un missel. Des pas ne tardent pas à résonner dans la travée.

— Les fleurs sont fanées, murmuré-je au prêtre en soutane qui fuit mon regard.

À l'abri du confessionnal, je résume ce que je sais, l'homme d'Église ne dit rien, puis se rapproche de la grille dans un souffle.

— J'en discuterai avec des amis. Maintenant, filez et ne revenez ici qu'en cas d'extrême urgence. Passez tous les jeudis aux chevaux de bois. Derrière les Tuileries. Portez un exemplaire de « *Paris midi* » daté du jour, bien en vue. Si on a du nouveau, un homme en béret à carreaux vous abordera. Il vous demandera si vous êtes la fille de madame Berthe. Vous répondrez que non, vous êtes sa nièce. De là, il vous fera savoir ce qu'il y a connaître.

Deux jeudis de suite, j'attends à côté du manège surpeuplé d'enfants. Le premier jeudi de septembre, un messager m'aborde avec la formule convenue, je lui réponds du tac au tac. Sans perdre un instant, l'homme fourre une lettre dans mon sac et s'éclipse entre les promeneurs. Notre échange n'a pas duré une minute.

Trop lourde pour courir, je presse le pas jusqu'à ma chambre et referme la porte contre laquelle je m'adosse. Quand je déplie le courrier, essoufflée par l'effort autant que par l'inquiétude, mon cœur manque un battement. Quelques mots résument tout ce qu'il y a à savoir.

« *Je suis libre et je quitte Paris, je ne sais si je dois te remercier pour ta modeste contribution : c'est pour le moment, au-dessus de mes forces. Détruis cette lettre et oublie tout. Adieu. G.* »

J'ouvre le robinet, et je laisse glisser la lettre dans l'évier. L'encre se dilue, et une incontrôlable montée de larmes achève de flouter ces mots aussi tranchants que réconfortants. Je suffoque. Guy est sauvé. Pour cette fois.

Mais mon chagrin ne s'apaise pas, il me dévore du dedans, il me secoue les épaules et me noie de ses eaux salées.

Guy est sauvé, tant mieux. Mais moi, c'est pour autre chose que je pleure. Pour quelqu'un d'autre.

Et puisque la porte est fermée et que je n'ai aucun témoin de ma misère, je peux bien laisser éclater ma rage et ma peine, geindre et maudire, renifler, me brûler les yeux, et enfin laisser crier ce silence qui fait si grand tapage entre mes côtes, et qui me dévaste.

CHAPITRE 7

Heinz

Aussi loin que porte le regard, d'épaisses colonnes de fumée grimpent vers le ciel. C'est inexorable, nous reculons, les Russes avancent. Notre arrière-garde s'infiltre par poussées dans notre colonne, et couvre tant bien que mal notre repli en semant le chaos : les infrastructures et voies ferrées sont détruites, les villages et les récoltes sont incendiés. La population paniquée s'éparpille entre les ruines en feu où les combats font rage. Des morts, encore des morts, il ne semble qu'il n'y en aura jamais assez sur cette terre gorgée de sang. Sous mon crâne, des voix se disputent, et martèlent leurs logiques dissonantes, entre indignation, écœurement, indifférence et fatalisme. Comme il est loin ce temps où j'étais affecté en France ! Certes, là-bas c'était la guerre aussi, mais les morts demeuraient cachés dans les sous-sols, dans les recoins des arrière-cours, sous les bâches des camions. Nous savions masquer notre barbarie. Ici, il est impossible d'ignorer la multitude de cadavres ; ils jonchent les chemins et pendent aux arbres. Implacable, notre interminable file de camions, de fantassins, de motos et de blindés s'ébranle en direction du Dniepr qui serpente au-delà des forêts.

Nous croisons de misérables hameaux constitués de quelques *isbas* au toit de chaume rassemblées autour de la piste. À chaque fois que nous ralentissons, je me laisse glisser dans le blindé, je referme la trappe, protégé des partisans qui infestent la région par le blindage d'acier. De temps à autre, je remonte dans la tourelle, jumelles vissées sur l'œil. Le long de la piste, une dangereuse étendue d'eau stagnante croupit, à peine camouflée par un tapis d'herbes vertes.

— Willy, attention, garde ta trajectoire surtout, nous fait pas plonger dans ces trous d'eau.

— Entendu, lieutenant !

Ce gamin autrichien me fait penser à Markus. Il est vrai que Willy Schmit est le plus jeune de l'équipage ; ensuite vient Gunther Kluge — violent et courageux ; le bouillant Karl Brandt qui ne sait que hurler ; et enfin Werner Kraft, le brave Werner qui approche de la quarantaine et reste pourtant le plus fragile de tous… Nous n'avons rien en commun, aucune affinité, pourtant, ces hommes me sont devenus chers. Au fond du char, Gunther se sert de sa baïonnette comme cuillère. Les autres, mornes et fatigués, le regardent sans le voir. Willy se concentre sur sa conduite en sifflotant.

Le soir tombe. Un regard dans la meurtrière, les phares s'allument un à un pour tracer une voie sécurisée. La régularité monotone des moteurs me pousse vers le sommeil. Je me frotte les yeux. Mes paupières sont si lourdes… voilà des mois que j'accumule un retard de sommeil. Des nuits et des nuits, coincé sous un char, à fermer l'œil sans pouvoir oublier le monde. Ma survie tient à peu de choses ; à une vigilance permanente, à un sommeil sous contrôle, à l'endurance de mon corps, gêné dans son repos par les aspérités qui tapissent mes couches éphémères… Je ne rêve que d'un matelas sec, propre et moelleux, et pourtant, quand bien même on m'en fournirait un, je crois que je serais incapable de m'abandonner. J'ai désappris le sommeil. Je sombre dans un néant peuplé de vide, je suis aspiré dans une réalité cauchemardesque, j'oscille entre ces deux mondes terrifiants, mais dormir… ? Non. Je ne dors plus.

Pour cette nuit, c'est assis que je devrai trouver un semblant de repos. Mon nez plonge vers ma poitrine, je sursaute quand le poids de ma tête me déséquilibre, je me redresse, mes paupières se referment et le même manège reprend. Adèle vient visiter les pensées qui se jettent en flots désordonnés sous mon crâne ; je songe à un ventre arrondi par ma négligence, à une poitrine douce et gonflée de lait. Sa grossesse me touche et m'indiffère à la fois, je me sens coupable et étranger à ce qui lui arrive. Comme bien des hommes, je suis lâche face au fardeau féminin, peut-être parce que je me sens impuissant. J'aurais dû lui répondre, oui c'est certain. J'ai peur de l'importance que je lui donne, de cette place qu'elle occupe en moi, de ce manque qui m'étreint lorsque je laisse flotter les souvenirs. Se souvenir c'est aussi douloureux que réconfortant, c'est intangible, c'est secret, ce n'est qu'à moi. Écrire, c'est tout à fait différent. Pour transformer la pensée en mots, il faut accepter de se livrer, il faut avouer, concrétiser, s'engager. Un processus hors de ma portée. Les heures sont fugaces. Mon esprit est fatigué de tuer et de survivre. Je n'ai pas d'énergie à dédier à cette tâche. Et puis, le courrier n'est plus acheminé. Trop de camions de la *Feldpost* ont été détruits lors de notre repli. Oui, j'ai tout un panel d'excuses pour justifier mon silence… et pourtant la plus évidente raison de ma lâcheté est simple : je n'ai pas les mots. Je ne peux pas la rassurer. Je ne peux pas me réjouir. Je ne peux pas la blâmer non plus. Je ne peux rien lui promettre, et sûrement pas de l'épouser, nos lois l'interdisent. Je ne sais pas quoi écrire. Je ne suis pas capable de lui répondre.

Mon introspection comateuse est brutalement interrompue par un grand bruit d'eau. J'ouvre les yeux. J'échange un bref regard avec Gunther, avant de me ruer sur la meurtrière. Une forme noire a dévié de la piste, et je devine les contours d'une automitrailleuse. Le temps de notre passage est bien court, et j'entrevois dans le rayon jaune lancé par nos phares, le véhicule aspiré sous la surface touffue du marais.

— Il a dû s'endormir, commente Gunther avec indifférence.

— On aurait tous besoin d'une vraie nuit de sommeil, pas vrai lieutenant ? baille Willy.

Je me frotte énergiquement le visage. Mon temps de repos est terminé.

— Bonne idée, ironisé-je, mais tu roupilleras autant que tu voudras une fois passé le Dniepr.

— Foutaises oui ! Ivan ne s'arrêtera pas au Dniepr mais à Berlin !

— Karl, cochon de communiste ! Tu laisserais les rouges entrer à Berlin ! Mais jamais ils n'y mettront les pieds, jamais ils ne franchiront les frontières du *Reich* ! Qu'ils essayent, et tu verras que je les y attendrai et que je les descendrai jusqu'au dernier ces fumiers de barbares ! s'excite Gunther en bondissant du tas de grenades sur lequel il était avachi.

— Je ne laisserai rien faire du tout, et toi, tu ne descendras plus personne, parce que, quand Ivan se pointera devant Berlin, nous on ne sera plus là non plus ! On sera mort depuis un bon moment comme presque tous les pauvres gars de notre foutue armée !

— Défaitiste ! Vous avez entendu lieutenant ! Vous avez entendu ça ?

— Je n'ai rien entendu Gunther.

Gunther cherche un appui du regard mais Werner détourne les yeux, et le jeune Willy rigole doucement.

Le reste de la nuit se passe sans encombre. À l'aube, nous quittons le marais pour pénétrer dans une forêt. Les feuillages nous cachent la lumière du jour, et nous progressons dans un enchevêtrement d'arbres. Nous nous frayons un chemin, et les troncs éclatent sous la masse formidable de notre blindé ; leurs craquements lugubres résonnent dans notre silence fatigué.

Deux jours plus tard, notre colonne franchit le Dniepr. Nous installons des fortifications, tandis qu'une petite portion des nôtres, malheureux sacrifiés, est restée de l'autre côté du fleuve pour retenir les divisions russes à l'Est.

Ici, sur cette rive, nous sommes relativement à l'abri, tout du moins dans l'immédiat.

Quelques nuits de repos calment les esprits échauffés... Je me laisse aller et je dors comme je ne croyais plus cela possible. C'est surprenant comme le sommeil rend optimiste, fort et capable. Comme la satisfaction des besoins élémentaires éclaircit les idées. La misère et la peur brouillent les pensées, nous transforment en animaux.

J'ai dormi et les mots qui me fuyaient sont venus à moi, simplement. Ma main inspirée a su trouver le courage de les coucher sur le papier, de refermer l'enveloppe, de la confier aux rescapés de la *Feldpost*.

Je vais être père, sans doute que c'est absurde pourtant cette vie qui pousse dans le secret d'un ventre aimé mérite, à défaut d'engagement, tout du moins mon attention.

Je ne peux guère promettre quoi que ce soit, mais peut-être qu'Otto pourrait obtenir des autorisations pour qu'un mariage se fasse... ? Mon père serait furieux, il hait tellement les Français.

Une brise tiède caresse la rive sablonneuse plantée de pins, les eaux vives du fleuve scintillent dans la verdure. Une atmosphère apaisante se dégage de ce paysage, et cependant l'effet est trompeur. La main posée sur mon ceinturon, je continue inlassablement d'inspecter les positions. Si je reviens vivant du front, mon père sera bien obligé de se résoudre, d'accepter cet enfant... Encore faut-il que l'Allemagne gagne la guerre, ou qu'elle la perde de façon honorable... sans quoi... J'avance entre les abris, méditant sur mes perspectives d'avenir, conscient du lien qui noue mon destin personnel à celui de ma Patrie.

Gunther et Willy jouent aux dés devant leur poste de garde, ils s'hydratent à la vodka, se jetant à la volée une flasque dérobée dans une maison abandonnée. J'appuie leur échange d'un regard sévère. C'est la moindre des choses si je veux conserver mon autorité sur ces jeunes gens qui ont presque mon âge.

— On n'est pas ici pour passer des vacances ! Tenez-vous sur vos gardes, les gars. N'oubliez pas que des partisans peuvent infiltrer nos lignes. Je ne voudrais pas que vous finissiez comme le *feldwebel* Lidennord.

— Celui qu'on a retrouvé étranglé avec du fil barbelé ? demande Willy en empochant les cigarettes qu'il vient de gagner.

— Parfaitement, celui-là.

— Eh ! Faut pas être malin pour se faire avoir comme ça par Ivan, grogne Gunther.

De l'index, je désigne sa vareuse entrouverte :

— Toi, je ne sais pas si tu es malin, mais ta tenue n'est pas réglementaire. N'oublie pas qu'il est essentiel d'avoir toujours une apparence impeccable. Être débraillé, ça n'est pas acceptable. Boutonne-moi ça vite fait.

Gunther s'exécute en ronchonnant, il n'est pas dupe de ce langage de caserne.

— Voilà, un fier soldat, ironise Willy.

— Autre chose lieutenant ?

— Non. Vous pouvez vous remettre à jouer, je n'ai aucun ordre particulier à transmettre. Gardez l'œil ouvert, et votre P38 à portée de main, conclus-je en écrasant le moustique qui s'est posé sur mon poignet.

Les gars acquiescent. Mon regard se perd dans les scintillements du Dniepr qui s'allonge entre les rives verdoyantes. Le soleil qui joue sur les eaux n'a rien d'ardent, et ce déclin annonce déjà l'automne avec son cortège de tourments. La météo dicte tout ici. La pluie drue, ce sont les marais qui débordent, le sol transformé en vase, les blindés qui s'enlisent et le ravitaillement bloqué…

Les chamailleries de Willy et Gunther ne déconcentrent pas Werner qui fait l'inventaire des réparations effectuées sur le

Tigre, pas plus qu'elles ne dérangent Karl qui roupille, appuyé à une mitrailleuse.

Un grondement dans le lointain trouble notre paix ; aucune fumée ne s'échappe de la masse de verdure, je plisse les yeux, rien ne bouge de l'autre côté du fleuve. Pourtant, c'est là, tout proche… Gunther croise mon regard :

— Cette fois, ça vient lieutenant… Ivan s'ennuie et revient jouer…

— Sans doute… Mais d'ici à ce qu'il traverse le fleuve, vous avez le temps de finir votre partie de dés… ricané-je, rejoint par Willy qui éclate de rire.

— Pas de quoi arranger les affaires de Gunther, hein vieux ? Je parie que tu préférerais qu'Ivan attaque tout de suite, ça t'éviterait de perdre une nouvelle fois…

Gunther grogne des jurons, Willy s'esclaffe et me prend à témoin :

— Voilà il sait que je suis meilleur, mais il s'obstine. Tiens, avec des pigeons comme toi mon pote, après la guerre, je me ferai une petite fortune !

Je ris de son ton assuré :

— Et qu'est-ce que tu feras de ta fortune ?

— J'ouvrirai un casino lieutenant ! Un endroit chic, au bord d'un lac, avec des beaux lustres pour éclairer les tapis et le décolleté des filles. Parce qu'il y aura de sacrées demoiselles là-dedans, croyez-moi !

Je siffle, et Gunther se moque :

— Des jolies putes, voyez-vous ça !

— Ah oui, eh, tout le monde le sait, là où il y a de l'argent il y a de belles femmes aussi.

Un nouveau grondement nous fait taire ; des avions de la *Luftwaffe* survolent le fleuve à basse altitude. Je me hâte de rejoindre l'abri du capitaine ; mais il ne m'annonce rien que je ne savais déjà : les Russes avancent, c'est inexorable. À nous de tenir la position, le Dniepr étant le dernier obstacle naturel de grande envergure avant notre frontière.

Les semaines qui suivent sont marquées par un pilonnage constant : les Russes nous bombardent depuis la rive d'en face et depuis les airs. Nos blindés ont été camouflés dans la forêt de pins, nous nous enterrons dans nos tranchées, nous prions pour que la prochaine explosion ne nous arrache pas la tête, ni ne nous ensevelisse vivants. Pour nous, l'ordre est aussi simple que terrible : pas de repli.
Chaque jour ressemble aux autres jours, les nuits sont semblables aux autres nuits. La pluie crépite sur le fleuve, je ne sais plus depuis combien de temps nous subissons ce sort. Le Dniepr scintille sous la lune, tel un long serpent qui rampe entre les rives abîmées de cratères. Ce mouvement hypnotique m'endort. Ce mouvement... Je ne sais pas si la fatigue me joue des tours, je plisse les paupières et mon cœur ne fait qu'un bond. Je cours vers le téléphone, arrache le combiné, pousse un juron : la communication est coupée.
Mon sang ne fait qu'un tour.
Bondissant de tranchée en tranchée, d'abri en abri, je galope jusqu'au poste des artilleurs. Lorsque je leur hurle ce que je viens de voir, des radeaux lancés sur le fleuve, les artilleurs réagissent immédiatement. Ils chargent leurs canons et bientôt le Dniepr soulève d'immenses geysers d'eau.
Au petit jour, malgré le rideau de pluie qui s'abat toujours plus violemment sur nous, nous distinguons des débris de bois et des morceaux de corps qui surnagent sur l'eau grise, empêtrés dans les roseaux.

L'approvisionnement est irrégulier et insuffisant. Les marais débordent, nous pataugeons dans la boue, et parfois jusqu'à mi-cuisse.

Les hommes envoyés en patrouille de reconnaissance ne reviennent pas : noyés dans des trous d'eau, massacrés par les partisans qui harcèlent l'arrière de nos lignes. On ne retrouve aucun corps. Je me résigne à signer les déclarations de disparition.

Plus personne ne reçoit de courrier : la *Feldpost* est bloquée par les déluges d'eau et par la mer de boue environnante. Nos familles sont loin, et nous sommes nos frères, prêts à affronter le pire ensemble, soudés par l'horreur.

Un midi, le capitaine, installé à l'arrière avec les officiers d'état-major et les juristes du conseil de guerre, me fait appeler sur le poste téléphonique tout juste réparé :

— Les Russes ont traversé le Dniepr un peu plus au nord de votre position, et sans doute aussi au sud. Vous devez éviter l'encerclement. Interdiction de vous replier. Vous avez ordre de les rejeter dans le fleuve.

— Capitaine, je dois vous avertir que nous avons peu de munitions et que plusieurs de nos Tigres sont hors d'état.

Dans le combiné, des vociférations indiquent que ma hiérarchie n'a pas l'intention de prendre mes remarques en compte.

— Vous êtes sourd Sieber ? Tenez cette position coûte que coûte ! L'ordre est formel, j'espère que c'est bien compris ?

— Oui capitaine.

— Bien. Je vous avertis, si vous reculez, je vous envoie au poteau pour sabotage ! Considérez que vous êtes prévenu !

Dans l'après-midi, des illuminations sporadiques annoncent le début de l'offensive. Un torrent de fer et de feu s'abat sur nos positions. Nous nous tassons dans nos abris. Les murs gorgés d'eau sont secoués par les impacts, ils s'effondrent par pans entiers, nous laissant à découvert et à demi noyés par la boue. Lorsque l'artillerie cesse de tonner, le silence qui vibre contre mes tympans est habité par d'effroyables cliquetis.

Les Russes envoient leurs blindés terminer le travail.

Accroupi dans les fourrés, je distribue les ordres. Mes hommes se dispersent selon mes directives. La boue gicle de leurs bottes et leurs silhouettes se floutent dans la brume grisâtre qui nous enveloppe. Essoufflé alors que je n'ai pas couru, mon cœur cogne contre mes côtes. Je m'adosse à un rocher pour déplier le support de la mitrailleuse. Je vérifie le chargeur, je fais sauter la sûreté. Mes gestes sont sûrs mais ça ne suffira pas. Les pieds calés contre une lourde pierre, je règle la visée à hauteur de ventre. À mes côtés, Willy et une jeune recrue préparent les grenades à main.

Un premier blindé surgit du rideau de brume. C'est un monstre, surchargé d'une horde de fantassins. J'empoigne la crosse de ma MG42. Mon index presse la détente, la mort aboie et détache une grappe humaine qui glisse dans la boue avant d'être happée sous les chenilles du blindé. Je retire ma main de l'arme brûlante.

Le T34 s'est immobilisé. Le canon vire, cherche sa cible. C'est-à-dire moi et mes deux compagnons d'infortune. Nous échangeons tous trois un regard ; nous savons qu'un char immobile est un char mort. D'un hochement de tête, j'encourage Willy ; il se glisse, courbé en deux, vers l'arrière du blindé, dégoupille ses grenades et les lance dans les écoutilles. Une explosion secoue le blindé. De la fumée s'échappe de la tourelle. Deux pantins surgissent du ventre de fer. Mes doigts pressent la détente de la mitrailleuse… l'arme reste silencieuse… Le canon s'est enrayé ! Ce constat me tétanise. Sans mitrailleuse, je ne suis rien. Depuis les buttes environnantes, des fantassins envahissent le bois, ils surgissent de toutes parts, sautant, cavalant, hurlant à pleins poumons. J'enfourne la baïonnette dans le canon, je cherche, j'enfonce la lame… la balle qui bloque le mécanisme stoppe mon avancée… Je force et d'un coup ultime je parviens enfin à la déloger. La mitrailleuse reprend du service. Je la fais cracher sans pitié aucune. En face de moi, les corps gesticulent, les rochers volent en éclats. Hélas, la progression ennemie est trop rapide et trop dense. D'un coup d'épaule, je charge la mitrailleuse en travers de mon omoplate ; nous détalons. Des hurlements furieux nous désignent comme cible... « *Germanski* ! *Germanski* ! » Une rafale balaye notre dos, je cours, droit devant, les poumons en feu, les jambes raides. Les écorces volent à mes oreilles. Des blindés rugissent, je crois déceler la forme des Tigres, ma vision est brouillée, je n'ai aucune certitude. Je cours, au-devant de ma mort ou de mon salut, incertain, terrorisé. J'approche des tanks, ou bien... serait-ce eux qui viennent à moi ? J'ose un regard en arrière : la troupe de poursuivants se disloque entre les pins. Regonflé par cette vision, je confie la mitrailleuse à Willy qui plonge dans un cratère pour armer l'engin, tandis que moi-même je rejoins l'équipage d'un Tigre. Confusément, les canons tonnent, les moteurs brûlent, les fantassins s'enfuient au milieu des cadavres qui gisent à terre.

La pluie très fine ne gêne pas la visibilité. Un autre T34 explose. C'est le dernier char russe détruit ce jour-là : les redoutables monstres font demi-tour vers le nord. Il était temps : nos ennemis l'ignorent mais il ne restait qu'une seule grenade explosive à mettre dans le canon.

J'ouvre la trappe. Au-dehors, les blessés des deux camps agonisent.

Un soldat rampe vers nous. La forme mourante me semble tout d'un coup familière. Le cœur battant, j'essuie le visage maculé de boue : Willy... ! La bouillie qui reste du bas de son corps m'ôte tout espoir. Il a dû être pris dans les chaînes d'un blindé et écrasé à hauteur du bas ventre. Karl arrive en courant avec des chiffons huileux, et il s'arrête net, lui aussi saisi d'horreur. Je lui arrache les lambeaux de tissu des mains, je les presse contre ce qui fut le haut des cuisses, mais il n'y a même pas de plaie, tout n'est que chair écrasée. Le tissu se gorge de sang. Willy tressaute et geint, ses lèvres devenues bleues tremblent une dernière fois, et son bras retombe avec un bruit mou dans la boue. La rage me fait hurler.

Des gémissements s'élèvent encore entre les pins, et parmi eux, les suppliques des blessés ennemis abandonnés par les leurs. Gunther dégaine son revolver. Croisant ses yeux vengeurs, je sais ce qu'il va faire. Pas un son ne s'échappe de mes lèvres serrées. Mon silence sonne comme une approbation. Je grimpe dans le Tigre, j'allume la radio pour faire mon rapport à l'état-major. La première détonation résonne, suivie d'une autre, et de tant d'autres encore.

CHAPITRE 8

Adèle

La vie ne peut éclore au monde que dans la douleur. C'est aussi simple qu'imparable. Je l'avais appris dans les livres de l'école, je l'avais entendu dans les conversations féminines, je l'avais déduit des sermons du dimanche. Je le sais avec ma tête parce que je suis instruite, que je suis infirmière, que je sais accompagner une naissance par des gestes techniques. Et puis aussi je le sais dans mon corps comme la plus ignorante des femmes le sait depuis toujours.

Cette douleur promise est inhérente à notre condition, au point que rien n'est plus certain que cette évidence qui ponctue notre destin de femme : accoucher fait souffrir. Je le concevais donc, je l'acceptais puisque tel était le fardeau, je l'appréhendais aussi. Mais finalement, rien ne m'avait préparé à sa puissance, et je ne l'imaginais pas si cruelle qu'elle ne pouvait l'être en réalité.

Un poignard déchire inlassablement mes entrailles. Son cruel va-et-vient me lacère le bas-ventre et me cisaille le dos. Je respire par saccades, mes geignements ne peuvent empêcher la douleur de croître... Dieu que le temps de la souffrance est infiniment long... et infiniment solitaire aussi.

Une sensation d'humidité accompagne la fin de la contraction. Le liquide tiède coule entre mes cuisses. Tant pis pour le couvre-feu, je tourne l'interrupteur. Le répit sera court, je le sais. J'enfile une robe, je lace mes bottines. L'hôpital n'est pas loin mais marcher avec cette succession de douleurs est un supplice. Je m'appuie aux murs, je fais des pauses, je me mords les joues pour ne pas hurler. J'en oublie même que je n'ai pas le droit de me trouver là dehors, en pleine nuit.

— Personne ne vous accompagne ? m'interroge l'infirmière de garde. Non ? Dans ce cas, vous allez devoir remplir ces formulaires vous-même, et ce, avant qu'on vous examine, ajoute-t-elle en poussant deux feuillets et un crayon sur le comptoir. C'est un premier ?

Hochant la tête, je tire le formulaire à moi.

— Alors, vous avez tout votre temps ! Ce sera sûrement long. Cochez célibataire, si vous n'êtes pas mariée.

Je griffonne mon identité, interrompue régulièrement par cette intolérable crampe qui me broie la moitié du corps. Me voyant si mal en point, l'infirmière fait appeler une sage-femme, puis annote elle-même les formulaires.

— Ma collègue va arriver. Mais avant d'enregistrer votre entrée, il faut que je vous fasse part d'une possibilité intéressante pour les personnes dans votre situation. Savez-vous que le gouvernement a promulgué un décret — loi qui vous offre la gratuité en échange de l'anonymat ?

— L'anonymat ? répété-je, l'esprit embrouillé par la douleur autant que par la fatigue.

— Oui jeune fille, vous pouvez choisir d'abandonner l'enfant. Votre identité ne sera pas révélée, vos frais de séjour et de soins seront pris en charge, conclut sèchement l'infirmière en tendant un des deux feuillets à une sage-femme boudinée dans un strict uniforme blanc.

Abasourdie, je n'émets aucune réponse et me laisse emmener vers un vestiaire collectif. Là, je suis sommée de me déshabiller ; mes vêtements sont jetés dans un bac en osier. La sage-femme inscrit mon nom en majuscule sur une étiquette qu'elle scotche sur le panier tandis que je revêts une blouse marquée des initiales de l'Assistance publique.

En d'autres temps, j'aurais été heurtée par tant de mépris, mais cette nuit-là, la souffrance est telle que je me fiche bien de l'humiliation. Je tourne en rond, courbée en deux, dans une salle intégralement carrelée de blanc. La sage-femme s'est volatilisée. Maintenant, ce n'est pas seulement que j'ai mal : je suis effrayée. Épouvanté serait un terme plus juste. J'ai peur de mourir, de souffrir trop et trop longtemps, j'ai peur de ne pas arriver à expulser cette chose qui habite mes entrailles, qui s'y meut avec une force surnaturelle, ce démon qui semble prêt à me sacrifier pour apparaître aux yeux de tous. Je délire, je pleure et mon ventre se raffermit, se serre, se durcit jusqu'à devenir une pierre qui m'écrase les poumons. Encore une fois, j'atteins des sommets de souffrance ; et la douleur qui me domine éteint toute autre forme de conscience.

Je ne suis plus capable de raisonner. Je subis, et j'entends les cris qui accompagnent la vague qui m'engloutit, cette vague qui reflue, qui remonte, qui m'étreint de l'intérieur. Je peine à reprendre mon souffle et dans le flou de ma perception altérée, j'entrevois la porte à double battant qui s'ouvre. Une voix gronde, des mots transpercent le brouillard qui m'environne :

— Fallait y penser avant, mon petit ! Faire des enfants, ça n'est pas qu'une partie de plaisir ! Mais allez-y, criez donc si ça peut vous soulager !

Dans un effort de concentration, je fixe la sage-femme. Elle ramasse une de ses mèches grises sous la coiffe qu'elle a vissée sur sa tête. Mais déjà une poigne se referme sur mon bras. La sage-femme me dirige à travers les couloirs, j'aligne les pas en tenant à deux mains ce ventre qui se resserre et s'étrangle au point de m'empêcher de respirer.

— Allongez-vous que je voie où ça en est.

L'ordre est simple. Je me hisse tant bien que mal sur la table recouverte d'un drap blanc.

À nouveau la douleur épouvantable, monte, monte... Je m'arc-boute sur la table. J'entends des cliquetis, des objets métalliques qui s'entrechoquent. Les mains intrusives fouillent sous ma blouse. Je renverse la tête vers le plafond, la lumière crue de l'ampoule me ferme les paupières.

La contraction me traverse de part en part, irradie depuis mon ventre jusque dans mon dos. Broyée dans cet étau, je voudrais mourir... Une claque me fait revenir à moi.

— C'est pas le moment de tourner de l'œil, mon petit ! Votre bébé arrive ! Poussez ! Allez ! Maintenant !

Je jette mes dernières forces dans cet effort. Je ne sais plus ce que je ressens, tout est noyé dans un magma de douleur. Je me raccroche aux encouragements prodigués avec force, j'obéis parce que je suis incapable d'autre chose. Soudain je me sens délestée d'un poids, je relève la tête, et j'aperçois une forme qui paraît entre mes cuisses. D'un coup de ciseaux, la sage-femme coupe le cordon. Elle claque les fesses du bébé tenu par les pieds. Mon bébé. La douleur revient, mais je suis bouleversée d'entendre les pleurs vigoureux. Tristesse et joie mélangées inondent mes joues trempées de sueur. Il hurle, je pleure, ou bien est-ce l'inverse... ? Je ne sais plus.

— C'est un garçon, affirme la sage-femme en tendant le bébé à une auxiliaire.

Les heures qui suivent sont cotonneuses. Je ne sais plus si je rêve, si je cauchemarde, si je vis, si je suis morte. Je flotte dans une réalité indistincte.

On m'a conduite dans un dortoir, tout au fond d'une pièce où sont alignés une vingtaine de lits. Assise sur la couverture rêche, je commence à reprendre pied. Une employée m'apporte mes effets, suivie d'une puéricultrice qui porte un bébé emmailloté dans des langes. En me dédiant un sourire, cette dernière glisse le petit paquet entre mes bras. Il est si léger, si fragile que je peine à croire que ce soit lui qui a fait montre de tant de force pour me dévaster quelques heures auparavant. Ses lèvres sont bien dessinées, ses yeux clos frangés de cils noirs. Je suspends ma main au-dessus de lui, n'osant toucher le duvet qui lui recouvre le crâne. Il cligne des paupières et ses pupilles d'un gris ardoise se dévoilent. Il n'a pas hérité du bleu perçant de son père. Déçue par cette différence, j'observe ce petit être qui darde sur moi un regard attentif. Nous nous découvrons, et c'est un moment étrange, voilà que je mets un visage sur l'inconnu que j'ai porté de si longs mois. Il y a quelque chose de triste en lui… ou bien est-ce moi qui projette mon propre désarroi sur lui ? Je le sens aussi fragile que fort, aussi innocent que coupable. Il m'attendrit autant qu'il m'effraie. Sa bouche s'entrouvre sur ses gencives nues, et il remue ses minuscules épaules. Comprenant ce qu'il recherche, je déboutonne ma blouse pour le caler contre mon sein, et tandis qu'il se nourrit de moi, je comprends que je suis sa mère et qu'il est mon fils, mais ces deux mots si communs me paraissent tout aussi obscurs que l'avenir qui se profile.

Il dort avec ses petits poings serrés au-dessus de sa tête. Son poids me réchauffe le coude. Longtemps je demeure ainsi, prostrée à écouter son infime respiration battre contre moi. Enfin je le pose dans un repli de couverture. Mon corps est las, usé, détruit, mon ventre vide. Je chasse les larmes qui me montent à la gorge. Le lieutenant me manque. C'est un peu de lui qui est là, assoupi devant mes yeux. Un peu et si peu de lui. Je farfouille nerveusement mon sac, je relis sa lettre, celle qu'Otto m'a donnée la semaine passée. Je parcours une fois de plus ces lignes et mes lèvres remuent au rythme des phrases que je pourrais connaître par cœur tant je les ai lues et relues.

« *Mon amour, mon cher amour,*

pardon pour ces longs silences. Je ne peux pas toujours donner des nouvelles et peut-être que tu ne reçois pas toutes mes lettres. J'espère que tu es raisonnable.

Je pense à toi.

Chaque jour, chaque nuit quand un moment me permet de réfléchir, c'est ton visage qui me sourit, ce sont tes bras qui m'accueillent, ta peau que j'embrasse.

La distance entre nous s'efface, n'est-ce pas ? Oui, parce que je regarde ce ciel qui est aussi le tien, notre ciel à nous deux. Je sais que les nuages vont et viennent, qu'ils voyagent au-delà des frontières, des fleuves et des montagnes et qu'ils passent au-dessus de toi, qu'ils te survolent comme ils m'ont survolé. C'est idiot, mais la Terre n'est pas infinie, et je me rappelle que tu es là, au loin. Loin oui... mais toujours là. Me comprends-tu ?

Je ne sais pas si je te l'ai dit, mais une part de ma famille vit en Suisse. C'est là que j'ai appris le français pendant mes vacances de l'été. Si tu as des problèmes, toi ou l'enfant, tu peux contacter ma tante qui habite à La Sagne, un village du canton de Neufchâtel. Elle parle français et elle est au courant de ton existence. Madame SIEBER à la Sagne ; tu t'en souviendras n'est-ce pas ?

Ce qui se passe ici est secret, je ne peux rien te dire, mais toi tu dois me raconter tes journées, et dès que l'enfant est né, écris-moi pour me dire que vous vous portez bien.

Si c'est un garçon appelle le Clémens si tu veux bien.

Si c'est une fille, et comme je sais que tu aimes votre chanteuse Édith Piaf, tu peux l'appeler Édith.

Garde espoir.

Sois courageuse comme je le suis.

H. Sieber »

Courageuse ?

Je n'ai plus de courage.

Pas plus que d'espoir.

Mon sommeil est léger et interrompu par les cris des nouveau-nés, l'exclamation des femmes, les rumeurs des visiteurs qui arrivent les bras chargés de fleurs et de friandises.

La pièce est bruyante à toute heure, mais tout ce va-et-vient ne m'est pas destiné. Je suis seule.

Régulièrement une sage-femme vient s'asseoir au bout de mon lit, elle me rappelle que je peux encore choisir l'abandon.

Son insistance me rend méfiante. Je surveille étroitement le berceau et son petit occupant pour lequel je ne déborde pas d'amour mais dont je me sens responsable. Il y a un lien entre lui et moi, et quoi qu'il se passe, qu'il meure ou qu'il vive, qu'il me soit enlevé ou non, je le porterai toujours en moi, comme une faille qui jamais ne pourra se refermer.

Bien sûr, je songe à ma mère, qui ne sait plus rien de moi. Ne ressent-elle même plus ce lien fait d'obligation envers moi ?

Choisissant de m'adresser à une infirmière plus avenante que les autres, je demande de quoi écrire. L'après-midi même, elle m'apporte une carte postale représentant le Sacré-Cœur sous divers angles, tout en refusant les pièces que je lui tends avec insistance. Le crayon en main, je ne trouve pas les mots. Toute la journée, les phrases tournent dans ma tête sans que je puisse me décider à les coucher sur le papier. Le soir enfin, j'écris ces lignes :

« *Chère maman, si cette carte se trouve sous tes yeux et non au fond de la corbeille, c'est que tu ne m'as pas complètement rayée de ta vie. Ce que tu vas lire va peut-être aggraver les choses ou te faire revenir à de meilleurs sentiments... Je ne peux garder un secret si lourd.*

Je viens d'avoir un fils, et tu comprends bien de qui.

Cet enfant est ton petit-fils, que tu le veuilles ou non. Je sais bien que cette nouvelle te fera de la peine mais peut-être, avec le temps, pourras-tu, si ce n'est pardonner, au moins, comprendre.

Adèle
Ta fille. »

— Puisque vous vous entêtez à vouloir garder cet enfant, vous recevrez une facture, me précise encore une fois la sage-femme qui m'examine avant de me remettre sa feuille de sortie.

Je vérifie l'inventaire : rien ne manque. Je signe.

Dans le hall bondé, personne ne m'attend. De l'épaule, je repousse la porte vitrée. Me voilà dehors. Le trottoir me déroule son tapis de feuilles or et vermeil pour réchauffer ma solitude.

Quelques jours plus tard, on frappe à la porte. J'entrouvre à peine le battant, honteuse de mon allure débraillée : trois jours et trois nuits que je traîne en chemise de nuit, entre ma chaise, mon évier, mon lit. J'ai les cheveux en bataille, et très certainement le visage chiffonné de cernes. Madeleine fait irruption dans la pièce.

— Mon Dieu ! Adèle ! Mais... où avais-tu disparu ?

Je baisse les yeux vers mon ventre, mais mon amie a déjà compris. Elle m'attrape les épaules :

— Tu vas bien ? ... Tu l'as ramené... enfin gardé... l'enfant ?

— Oui, il est là, posé dans le lit. Un garçon.

— Je peux le voir ?

Elle me contourne et s'extasie devant le nourrisson qui dort, imperturbable.

— Et comment s'appelle cette merveille ?

— Clémens.

— Tu veux dire Clément.

— Oui, c'est ça Clément. Tu bois un thé ?

— Je veux bien ! Et voilà pour te consoler de la nourriture infecte que tu as dû ingurgiter à l'hôpital.

Madeleine dépose des gaufres sur la table. Leur parfum me chatouille les narines et m'ouvre l'appétit.

— Mange ! Prends des forces ! Je te rapporte le landau de ma voisine. Elle ne l'utilise plus depuis que son petit dernier marche. Je l'ai laissé en bas, il grince et a bien servi, mais j'espère que ça fera l'affaire.

— Me...rci..., lui dis-je entre deux bouchées.

— Tu es fatiguée ?

— Déphasée. Mais merci, vraiment ! répété-je avec un entrain forcé. Tu es formidable. Je ne sais pas comment je ferais sans toi...

Madeleine accepte le compliment avec un sourire satisfait, elle entreprend de me questionner, je réponds de bonne grâce, finalement heureuse d'intéresser quelqu'un. Je viens de vivre un tourbillon émotionnel, et trouver une oreille compatissante me soulage.

Après ce copieux petit déjeuner, j'enfile une robe de lainage. C'est un des seuls vêtements de ma garde-robe qui me va encore, parce que les mailles sont souples et s'adaptent à ma silhouette alourdie par la maternité. Je chausse bas et bottines tandis que Madeleine emmitoufle le bébé. Un doute m'effleure ; ai-je la force de sortir, et lui d'affronter le temps instable de cette journée d'automne ?

— Est-ce qu'il n'est pas trop petit pour sortir ? S'il prend froid...

— Taratata. Tout va bien aller. Et avec ta mine de papier mâché, tu as besoin de prendre l'air. Et d'aérer cette chambre aussi, ajoute-t-elle en ouvrant grand le vasistas. Et ce petit, tu l'as déclaré à l'état civil au moins ?

— Non.

— Oh ! Allons-y. Pas de commentaires s'il te plaît.

Le vent fait danser les feuilles mortes au creux des caniveaux. Madeleine insiste pour pousser le landau. J'accepte, éprouvée par les nuits entrecoupées, les saignements, écrasée par cette sensation d'épuisement intense qui me laisse sans force.

La réalité de ma situation a du mal à s'ancrer en moi, et mon corps s'acharne à me rappeler que tout a changé dans ma vie.

Les baies vitrées et les appliques qui éclairent le bureau ne suffisent pas à le rendre accueillant. Depuis le guichet verni sur lequel elle s'accoude, une employée me fait signe d'approcher.

— C'est pour quoi ? me questionne-t-elle d'une voix pointue qui fait trembler ses bajoues.

— Déclarer une naissance.

Je lui tends les papiers. La fonctionnaire parcourt les documents avec un soupir las :

— Et donc, quel est son prénom ?

— Clémens.

— ClémenCE ? Mais... je vois, je relis... il est bien indiqué de sexe masculin. Ici. Sur la déclaration médicale, ajoute-t-elle en pointant une ligne du feuillet que l'hôpital m'a remis.

Je m'efforce de garder la tête droite et le regard sûr :

— Oui c'est ça, madame, c'est un garçon. Mais moi je tiens à ce qu'il se nomme Clémens, avec un s à la place du t.

L'employée repose son stylo, et me toise avec agacement.

— Qu'est-ce que c'est que cette fantaisie ! Jamais entendu ça. « Clémensse » pour un garçon ! Ce n'est pas français ! Ridicule. Adèle Delestre... Vous n'êtes pourtant pas une étrangère, n'est-ce pas ?

— Moi ? Non, pas du tout.

— Mmm. Bon. Je vais devoir inscrire Clément, épelé : C.L.É.M.E.N.T. Nom du père ?

— Heinz Sieber.

— Je n'ai pas compris. Pouvez-vous répéter et parler plus fort ?

Je répète le nom complet du lieutenant, partagée entre la honte et la colère. Derrière moi j'entends les grincements répétitifs des roues du landau et quelques murmures de gens indiscrets qui commencent à commenter ce qu'ils entendent de mon échange avec cette souris de bureau.

— Décidément, vous ne faites pas dans la simplicité ! s'écrie l'employée, bien décidée à me mettre mal à l'aise. Je ne comprends rien à tous ces noms, c'est du charabia.

— C'est parce que c'est allemand, dis-je en appuyant sur ce dernier mot.

Un silence dans mon dos. Les grincements du landau reprennent.

— Ah... allemand. Allemand... marmonne la fonctionnaire en compulsant maladroitement les feuillets. Et à ce que je lis là, vous n'êtes pas mariée ? Le père est-il venu faire une reconnaissance en mairie ?

— Non.

Elle me transperce de son regard, si bien que je me sens obligée d'ajouter :

— Il était parti avant de savoir mon état.

Ma justification arrache un sourire sournois à mon interlocutrice :

— Vos déboires amoureux ne regardent pas l'administration, MA-DE-MOI-SELLE. Pour l'état civil, cet enfant sera de père inconnu, ajoute-t-elle suffisamment fort pour que tous ceux et toutes celles qui patientent dans mon dos puissent entendre.

Elle relit une ultime fois le document qu'elle vient de rédiger, et me le tend du bout des doigts comme si c'était un vieux mouchoir sale.

— C'est enregistré. Personne suivante !

J'attrape le feuillet, je fais volte-face, mes yeux balayent les inconnus qui me dévisagent. Madeleine passe son bras sous le mien et m'entraîne vers la sortie. J'essaye de rester digne mais les grincements du landau achèvent de m'humilier. Mes yeux se chargent d'humidité. Je passe un revers de manche sur mes joues.

— Tu ferais mieux d'éviter de tout déballer, tu vas t'attirer des ennuis. Invente-toi une histoire, ça vaudra mieux.

— Je n'ai pas envie d'avoir honte.

— C'est pourtant le cas, non ?
— Je vais m'y faire.
— Mentir s'avère utile parfois. Conseil d'amie, et tu ferais bien de le suivre… pour toi et surtout pour Clément.

Madeleine sursaute en passant sous l'horloge qui surplombe la porte de sortie.

— Déjà ! Il faut que je me sauve, je vais être en retard pour le service. Rappelle-toi, joue utile ! s'écrie-t-elle en m'embrassant sur les deux joues.

Songeuse, je prends la direction de l'hôtel Lutétia. Il faudra m'habituer aux regards de biais, aux sous-entendus, aux langues vipérines. Repoussant la capote du landau, j'observe la frimousse de Clémens qui émerge des couvertures. Donner un prénom à un être, c'est lui reconnaître une place. Je commence à me faire à lui, à l'accepter. Voilà, il s'appelle Clémens et c'est mon fils, et je suis sa mère. Ces informations tracent un chemin depuis mon cerveau jusqu'à mon cœur et inversement, et recommencent encore et encore, creusant un sillon indélébile. Clémens. Mon fils. Notre fils. Ses yeux ne sont pas bleus, pourtant il porte quelque chose de son père en lui, c'est certain, et si ce quelque chose ne s'est pas encore révélé, cela viendra plus tard… Ce sera comme une fulgurance que je reconnaîtrai, dans son caractère, dans son physique, dans sa façon d'être, quelque chose qui me sautera au visage un jour et qui témoignera que le lieutenant vit encore à travers lui.

Je pénètre dans le hall de l'hôtel Lutétia. Le grincement qui ponctue mon avancée n'indispose pas le garçon d'ascenseur qui a l'habitude de mes allées et venues, il se penche sur mon fils endormi et me félicite. Il sait à quel étage je vais. Le couloir qui mène au bureau d'Otto Meyer est désert. Je me laisse choir sur la banquette qui fait face à sa porte. J'attends mon tour, une vague nausée au bord des lèvres. J'ai mal au ventre, au dos, les jambes en coton. Cette promenade était peut-être trop ambitieuse dans mon état... Je me fais cette réflexion lorsque deux soldats casqués, fusil pendu à l'épaule, font irruption. Ils encadrent un homme menotté, et celui-ci atterrit à côté de moi dans un relent d'urine et de sueur. Ses gardiens entament une conversation en allemand tandis que le prisonnier respire avec difficulté : l'air siffle entre ses lèvres coupées. La porte du bureau d'Otto Meyer s'ouvre, laissant sortir une vieille femme titubante d'émotions.

— Mademoiselle Adèle ! Quelle charmante visite ! Entrez !

Mortifiée par sa bonne humeur et le regard haineux que le prisonnier me destine, je voudrais disparaître entre les lames vernies du parquet. Rougissante, je pousse le landau à l'intérieur du bureau. Otto Meyer referme la porte derrière nous.

— Un garçon, une fille ?
— Un garçon.
— Qui s'appelle ?
— Clémens, avoué-je sans aucune fierté.
— Quel beau prénom germanique ! Je vous félicite pour ce choix.

Il soulève les couvertures. Mon fils cligne des yeux, ébloui d'être observé avec tant d'attention.

— Parfait... Très beau bébé. Des yeux gris... la teinte n'est pas fixée à cet âge. Heinz sera heureux, conclut-il en m'adressant un sourire chaleureux.

Puis il se tourne vers l'antichambre en enfilade :
— Petra ! appelle-t-il. *Komme* !

Petra est une femme osseuse, au visage pointu. Tout en elle est sec et anguleux. Son uniforme est tendu sur le cintre de ses épaules, sa jupe masque mal ses genoux cagneux, ses orbites enfoncées dans des pommettes saillantes abritent un regard dénué d'empathie qui roule entre moi, son supérieur et le landau. Je ne saisis rien de cette conversation en allemand. Elle hoche la tête et tourne le dos. Ses talons claquent dans notre silence.

— La naissance s'est bien déroulée ? s'enquiert Otto Meyer.

J'acquiesce.

— Asseyez-vous en attendant, m'ordonne-t-il.

J'obéis, non sans me demander ce que je suis censée attendre. La secrétaire sans doute ? Celle-ci revient quelques minutes plus tard avec deux tasses de thé fumantes et une dizaine de macarons colorés. Du bout du doigt, Otto Meyer avance l'assiette vers moi :

— Prenez, goûtez, ne soyez pas timide.

Je m'empare d'un macaron rose. Les arômes tapissent mon palais, cependant être observée par un officier nazi me donne la sensation de mâchonner du carton. Le thé, trop vite avalé, me brûle la langue.

Otto Meyer entrouvre le tiroir de son bureau pour en sortir un petit paquet, qu'il dépose dans le landau.

— Un cadeau pour mon neveu. J'adore les enfants, vous savez, bien qu'ils soient trop bruyants à mon goût. Mais, peu importe, puisque ce sont aux femmes de s'en occuper, n'est-ce pas ? Et quelle plus belle mission que celle d'éduquer les enfants ? C'est l'avenir des peuples qui est entre vos mains… Vous verrez à quel point c'est incroyable, tout ce qu'un enfant est capable d'assimiler, pourvu que l'on sache s'y prendre. Modeler une pâte sans consistance jusqu'à en obtenir la perfection… Ah ! Si tous les parents avaient cette conscience de l'importance de l'éducation, alors nous n'aurions pas tant de travail sur les adultes… Il y a tant de races à éduquer… Mais, dans tous les cas, certaines sont tellement perverties que nos efforts n'y suffiraient pas.

Il marque une pause, maintient sa tasse en suspension et m'observe un court instant avant de reprendre :

— J'espère que vous avez bien saisi le sens de mes paroles. Vous avez la responsabilité d'élever cet enfant, qui est un enfant de sang allemand. Vous devez lui transmettre une éducation qui fasse de lui un fidèle serviteur du *Reich*. Son aspect physique me semble correct. Il faudra faire les demandes nécessaires pour sa nationalité, afin que cet enfant s'intègre à sa vraie Patrie, celle de son géniteur. Mais si cette tâche vous paraît trop ardue, je pourrais vous conseiller. Je devrais écrire quelques mots à ce sujet à Heinz, qu'il vous donne ses recommandations. À ce propos, avez-vous une lettre pour lui… ?

Je suis un peu abasourdie par la teneur de son discours.

— … euh, oui. Tenez.

Tendant la main par-dessus son bureau, Otto Meyer s'empare du courrier que je lui tends et le dépose dans la boite réglementaire marquée par un autocollant indiquant « *Feldpost* ». Il rectifie une pile de dossiers légèrement penchée, époussette le col de sa veste de quelques miettes imaginaires, puis ses yeux se plantent dans les miens :

— Pour le bien de tous, il est impératif que cet enfant ne soit pas en contact avec les ennemis de la pensée aryenne. Votre frère, par exemple.

— Mon frère ? Mais je n'ai aucune nouvelle, je ne sais pas où il se trouve.

— Oubliez-le, c'est un nuisible. Savez-vous que mes collègues voulaient vous garder en otage à titre préventif lors de son évasion ? J'ai refusé car j'ai promis à Heinz de vous protéger, et je n'aurais pas pu le faire correctement si vous aviez été entre leurs mains. Cependant j'ai moi-même des impératifs d'un ordre supérieur. Pensez-y.

L'officier me regarde avec sévérité, il laisse planer un silence avant de terminer avec naturel :

— Quant à votre courrier, il sera confié à nos services postaux dans les plus brefs délais, n'ayez crainte.

— Merci…

— C'est un plaisir.

Je grimace.

— Bien, mademoiselle, je ne veux pas me montrer impoli, mais du travail m'attend. Dans le couloir, précise-t-il avec un rictus.

Otto Meyer se redresse, j'en fais de même, il tire sur sa vareuse pour effacer les minuscules plis qui s'étaient formés puis s'en va happer la poignée de la porte.

Le battant s'ouvre pour me libérer.

Je marche vite derrière le landau d'où s'échappent maintenant des pleurs francs et sonores. Mon chemisier se gorge d'humidité. Je m'engouffre dans le premier hall d'immeuble venu, et, abandonnant le landau, je monte les premières marches pour nourrir mon fils, cachée dans la courbe de l'escalier. Plus tard, rassasié, il me regarde d'un air bienheureux, et je fonds en larmes à la vue de ses grands yeux innocents. Ces dernières heures m'ont cruellement prouvé l'incertitude de son destin. Je le repose entre les couvertures, je sèche mes larmes. Il va falloir que je m'endurcisse, mais à la fois comment supporter seule un tel fardeau ? J'en viens à me demander si je n'aurais pas mieux fait de l'abandonner, qu'il puisse grandir comme tout enfant français et ne jamais connaître ses origines. Un bistrot jouxte l'immeuble où je me suis réfugiée, j'y entre et commande un ersatz de café. Les hommes accoudés au zinc se sont tus à mon arrivée. Dans son berceau, Clémens dort, poings serrés. Je trempe mes lèvres dans le café. Au-dehors le temps se couvre, une averse de grêle crépite contre la vitre. Le cadeau d'Otto, soigneusement emballé dans un joli papier de soie, crisse sous mes doigts. Je le triture. Je tourne et retourne entre mes mains le paquet souple. Sans doute un vêtement de bébé. Je manque de tout, et bien sûr de linge pour Clémens, mais le prix de la liberté, c'est aussi celui-là. J'ai déjà assez mauvaise conscience de profiter de la solde d'un officier ennemi, je ne veux rien devoir à ce nazi. La liberté est un luxe qui coûte cher. Ayant avalé l'infâme café, je sors et laisse derrière moi le paquet.

CHAPITRE 9

Heinz

Tapi contre le parapet, une main sur la mitrailleuse, l'œil collé au périscope, je mords mes lèvres gercées. Devant moi, le champ de mines troué de cratères est parcouru par le tintement lugubre des boites de conserve accrochées aux barbelés. Je presse davantage mon œil contre le caoutchouc. Je ne détecte aucun mouvement dans le *no man's land*… Un bâillement s'échappe de ma bouche. Surtout je ne dois pas m'assoupir. Je caresse ma courte barbe piquée de gel et secoue ma carcasse amaigrie.

Dans le petit jour blafard, une tête émerge de la tranchée d'en face. Je vise l'imprudent, il disparaît. Les ordres sont clairs : nous devons tenir la position jusqu'à dix heures pour couvrir la « rectification du front », ou autrement dit la retraite. Car nous reculons, encore et toujours. Le soleil pâle se reflète sur la neige. Je m'ébroue. Trop d'hommes comptent sur moi, je ne peux pas envisager de laisser le froid m'emporter. Ce serait une fin douce, sans cris ni douleur, une fin à laquelle je ne peux pourtant me résoudre. Je suis retenu dans cette vie par mes responsabilités : envers mes hommes et ma patrie et puis aussi envers Adèle et notre enfant. Il doit être né à présent. Je suis sans doute père, ou du moins si les choses se sont bien présentées. Je piétine dans mon trou, je fais craquer mes articulations engourdies. Depuis des semaines, il n'y a plus de courrier. La ligne de front est mouvante et la *Feldpost* est restée à l'arrière avec l'état-major. Dans ces conditions, je n'ai reçu aucune nouvelle, je ne peux en donner.

Une mitrailleuse jappe dans le *no man's land*. Je me colle au périscope.

Des silhouettes montées sur des skis s'enfoncent dans le sous-bois. Les Russes s'enhardissent. Ont-ils deviné que nous ne sommes plus qu'une poignée d'hommes et que les troupes ont fui vers l'arrière ? Je repousse le givre du cadran de ma montre. Il n'est que sept heures. Encore trois heures à tenir. Je laisse mon tour de garde et je me faufile dans le boyau de raccordement. Gunther a commencé à miner les tranchées. Je me joins à lui. Ce travail est minutieux et risqué et c'est exactement ce dont j'ai besoin : canaliser mon attention pour empêcher mes pensées de s'égarer.

C'est dangereux de penser, bien plus dangereux que de manipuler des explosifs. Des hommes tombent fous rien qu'en lisant des lettres de leurs proches. Non pas qu'elles contiennent de mauvaises nouvelles. Au contraire.

Les bonnes nouvelles crèvent le cœur.

Lorsque le cadran indique dix heures, les tranchées sont entièrement minées. Je donne l'ordre de décrocher par petits groupes. Les Russes ne tardent pas à réagir. Les mitrailleuses crépitent. Ventre à terre, je détale. Les balles ricochent sur la surface glacée. Le froid me gifle le visage. Mais la terreur est si forte que je ne ressens plus rien que l'urgence qui décuple ma vitesse.

Nous atteignons enfin les deuxièmes lignes où nous attend une petite unité de tankistes et leurs blindés, prêts à nous recueillir. Au moment où nous grimpons dans l'un des tanks, une monstrueuse explosion fracasse le silence. Nous rions sauvagement : les mines ont fonctionné !

C'est la fin de journée. Une halte s'impose. Nous voilà arrêtés dans un hameau, le temps de remplir les réservoirs et de nous reposer un peu. Un maigre repas et deux heures de sommeil sur la paille font l'affaire.

Nous repartons à vive allure. Le croissant de lune qui gît dans le ciel ne suffit pas à éclairer la noirceur de la nuit. Je m'abîme les yeux, le front collé à la meurtrière. Le blindé qui nous précède est hors de ma vue, aspiré dans la nuit.

— On met les gaz ! commandé-je, tendu par une inquiétude grandissante.

Le moteur crache. Le blindé patine sur le sol gelé. J'ai beau scruter l'obscurité, je ne retrouve pas les silhouettes familières des tanks amis.

— Faudrait peut-être passer un message radio… suggère Werner.

Karl lui envoie une bourrade dans le dos :

— Rien de mieux à faire si tu veux voir Ivan d'un peu plus près !

— Qu'il vienne donc Ivan, qu'on lui foute la raclée qu'il mérite, gronde Gunther. Et peu importe si on y passe tous, ils arriveront en enfer avant nous… Maudits rouges, chiens de coco…

— Tue des Russes si ça te chante, mais moi, tout ce qui m'intéresse c'est de sauver ma peau, l'interrompt Werner calmement.

— « Tuer des Russes » ? Mais tu es doux comme un agneau mon salaud ! C'est pas avec cette méthode que tu feras de vieux os ! Moi je ne veux pas seulement les tuer, je veux les voir rôtir dans leur putain de char, les écrabouiller sous nos chenilles, leur faire éclater la cervelle, leur péter le ventre, leur déchiqueter la panse et les…

— On a saisi… En d'autres temps, tu aurais sûrement fait une belle carrière d'assassin, lancé-je à la volée.

Les gars s'esclaffent mais un claquement stoppe soudain notre discussion et notre moteur. Nous lançons une bordée de jurons.

— Il va falloir aller jeter un œil lieutenant…

Gunther me regarde d'un air entendu. Il a une formation poussée en mécanique, et c'est à lui que revient la tâche de nous remettre en route.

Nous bondissons tous deux à l'extérieur du blindé, dans la nuit glaciale. J'éclaire mon subordonné de ma lampe torche et son verdict tombe dans un chuchotement :

— La chenille est esquintée. Des pièces ont sauté avec le gel. Sans pièces de rechange, je ne peux rien y faire. C'est foutu.

Je mesure la gravité de ce constat. Nous nous regardons dans la lueur glauque de la lampe, atterrés.

— Nous continuerons donc à pied, décidé-je à voix basse.

— Il faut le faire sauter, me rappelle Gunther.

— Bonne idée. Un beau feu de joie pour ameuter les Russes !

— C'est la procédure.

— Hors de question.

— Mais lieutenant, c'est dans le règlement ! s'indigne Gunther.

— Le règlement ici et maintenant, c'est moi.

— Vous allez leur laisser notre blindé ? Mais…

— Pas de mais. Si je le fais sauter, on sera morts dans moins d'une heure.

— Le commandant vous fera passer en conseil de guerre.

— En conseil de guerre ? Vraiment ? J'aimerais bien savoir par quel enfant de salaud le commandant serait mis au courant de cette affaire.

Gunther marmonne entre ses dents. Je le fixe froidement.

— Débat clos. Appelle Karl et Werner, qu'ils descendent le reste de munitions et de vivres. Karl se chargera du lance-flammes, et toi, tu prends la mitrailleuse.

Je déplie la carte topographique sur le rebord du blindage. La lampe torche que j'ai coincée sous mon aisselle révèle dans son halo des distances inquiétantes. Tandis que mon cerveau s'efforce à calculer le meilleur itinéraire possible, mes espoirs s'amenuisent. Je replie la carte et la plonge dans la poche de mon manteau. Mâchoire serrée pour ne pas claquer des dents, je désigne l'ouest.

— Nos lignes doivent se trouver par là-bas. En colonne un par un, murmuré-je, et en route.

Nous voilà jetés dans la nuit. La lune se reflète sur la poudreuse, et le silence fantomatique qui nous environne n'est habité que par le crissement de nos bottes. Des heures durant, nous évoluons dans cet enfer peint d'ombres translucides.

Enfin le tableau en noir et blanc se déchire et s'ouvre sur un paysage illimité. Dans cette aube sinistre, je consulte ma boussole. Nous sommes si loin de nos lignes… un ronflement terrifiant fait vibrer le sol.

— Ce sont les nôtres qui reviennent nous chercher, rêve Werner tout bas.

— Triple idiot. Tanks ennemis. À terre !

Je grince en sourdine.

Aplati contre le sol dans lequel j'aurais voulu disparaître, je vois passer une file de T34, à quelques dizaines de mètres seulement de nous. Ils sont si proches que je peux distinguer l'étoile rouge qui orne leurs tourelles.

— Les fantassins vont rappliquer. D'ici peu on pourra entendre le foutu bruit de leurs gourdes qui s'entrechoquent, décrète Gunther en crachant dans le vent.

Je confirme d'un hochement de tête :

— Exact. Il ne faut pas traîner sur cette route. On va passer par cette forêt.

Nos regards en disent long ; entre ce terrain nu et les bois, nous ne savons quel itinéraire recèle le danger le plus grand. Mais je suis le chef, celui qui décide, et je dois trancher. Je réitère mon ordre et notre colonne reprend sa marche en direction des frondaisons. Le bois nous engloutit.

À midi, je propose une halte. La neige se remet à tomber, notre pause est écourtée.

Nos épaules, tout comme les branches des sapins, ploient sous un épais manteau blanc. Nos cuisses s'enfoncent dans la poudreuse. Nos halètements sont entrecoupés par le hurlement des loups. En tête de mes hommes, je garde nerveusement mon fusil braqué.

Cette nuit-là, nous ne fermons pas l'œil. Dès les premières lueurs, notre lente progression reprend. La neige, portée par un vent cinglant, nous aveugle. Nos pieds meurtris deviennent des blocs de glace insensibles ; nos jambes ankylosées avancent péniblement, pas après pas. Soudain, je m'immobilise. Deux corps sont adossés contre un arbre. Morts de froid. Werner s'accroupit.

— Je n'en peux plus... je reste ici, laissez-moi... gémit Werner.

Il sanglote, la morve gèle au bout de son nez. Agacé, Gunther plante violemment son fusil dans la neige. Ses ricanements tombent par saccades :

— Et après quoi vieux frère... Tu veux servir de repas aux charognards ? Putain ! T'es qu'un lâche, une merde, une sous merde... Je te préviens, on va pas attendre que tu crèves pour t'enterrer !

— Ferme-la ! grondé-je.

Sans ménagement, je déleste Werner de son barda.

— On ne laissera personne ici.

Je lance les sacs de Werner aux pieds de Gunther :

— Tiens porte lui ça quelque temps. Ça t'apprendra la camaraderie. Werner, tu lèves ton cul. Immédiatement.

Pas un mouvement ne secoue la maigre carcasse avachie dans la neige. Je rugis en lui jetant des claques sur l'épaule :

— T'es sourd ? Oh ! Debout *feldwebel* !

Mon subordonné se redresse en pleurnichant. À bout de nerfs, je me retiens de le frapper au visage. Une vague de désespoir hargneux me terrasse, je me retourne pour inspirer et mes yeux tombent sur Karl en train de fouiller les poches des morts.

Je l'empoigne par le col et le respect qu'il me doit l'oblige à se redresser. Je le secoue à la mesure de la violence de ma colère, me fichant bien à cet instant que les Russes puissent entendre mes hurlements de rage :

— Sale pourceau ! On ne t'a pas enseigné le respect pour les morts ?

Saisissant l'absurdité de ma remarque comme je l'énonce, je le repousse brusquement. Il retombe sur les fesses. Je lui tends une main qu'il saisit, il se relève.

— Donne-moi leurs livrets militaires, exigé-je pour essayer de me canaliser. Est-ce qu'ils ont de la nourriture sur eux ?

— Non mon lieutenant.

— Alors, inutile de s'encombrer. Tu vas laisser ton butin ici.

— Mais… lieutenant vous pouvez pas nous faire ça…, réplique Gunther qui louche sur la flasque de vodka qui dépasse de la poche de Karl.

— Oui après tout, ce sont que des Bulgares… renchérit ce dernier.

Je les foudroie d'un regard meurtrier :

— Les livrets. Tout de suite.

Le soldat s'exécute, j'empoche les livrets avec humeur :
— Bulgares ou pas, ce sont nos frères d'armes... n'est-ce pas Gunther ? Ils se battent pour ce *Führer* que tu aimes tant, et pour son grand *Reich* qui devait durer mille ans...
— Qui durera mille ans ! corrige Gunther.
— Oui, mille ans... si nous avons assez de munitions pour tenir tout ce temps, ironisé je d'un ton mauvais.
— Et pour la vodka... ?
— Donne. Confisquée.
La flasque rejoint mon barda. S'enivrer à jeun dans ce désert blanc serait du suicide, je n'ai aucun doute là-dessus, mais aucune envie d'argumenter non plus.

Notre marche reprend dans un silence rancunier. Les arbres déroulent leurs troncs. Les branches basses forment une toile végétale blanchie qui s'étend à l'infini. La peur de nous égarer me taraude, celle de faire du sur place me hante, et pourtant la boussole est formelle, nous avançons, nos lignes ne devraient plus être très loin désormais... Nos réserves de nourriture sont quasiment épuisées. Gunther et Karl, tenaillés par la faim, s'envoient des bordées d'injures, et la gorgée de vodka que je leur accorde ne suffit pas à apaiser leurs tensions. C'est l'épuisement qui aura raison de leurs monologues absurdes. Le silence m'angoisse, mes oreilles bourdonnent, le découragement m'envahit. J'avance. Je m'obstine, alors que mes pieds sont deux poids morts que j'arrache à la neige à chaque pas ; et que mes poumons, transpercés par le froid, se déchirent à chaque respiration. Un roulement continu, ponctué de quelques salves de mitrailleuses, me redonne un accès de sève ; nous sommes près des lignes. Je me défais de mon barda qui glisse dans la poudreuse et je tourne la tête. Mes hommes sont là, toujours derrière moi, et leurs lèvres gercées se fendent d'un sourire sans joie. La guerre est là, et ces vacarmes mortels signifient la fin de l'errance pour nous.

Le front est à une centaine de mètres en lisière de la forêt. Anxieux, je vérifie le chargeur de mon arme une énième fois. Puisque nous sommes situés du mauvais côté, il va falloir traverser les lignes ennemies pour rejoindre les nôtres. Les gorgées de vodka que nous avalons ne sont pas de trop pour nous redonner un semblant de force.

— Impossible… c'est du suicide… plutôt se rendre…

La candeur de Werner nous laisse cois un instant, nous échangeons un regard incrédule. La panse de Karl se soulève, les épaules de Gunther tressautent, mes lèvres s'étirent… Une jubilation démoniaque dévale entre mes côtes, libérant un antidote à l'angoisse qui me ronge. Nos rires s'élèvent sans aucune prudence.

— Brillante initiative, va donc chez Ivan !

Je glousse tellement que j'ai du mal à parler.

— J'ai entendu… dire… qu'ils ont d'agréables petits hôtels… des tarifs préférentiels pour leur clientèle allemande…

Nos rires se répondent avec une absurdité démesurée.

— C'est ce qu'ils écrivent dans leurs guides touristiques d'enculés, renchérit Karl en hoquetant.

— Ouais paraît même qu'on peut tartiner leurs bonnes femmes de caviar et les lécher jusqu'à plus faim ! s'esclaffe Gunther.

— Vous êtes trop cons ! maugrée Werner qui retire de ses poches un crayon au bout mâchouillé et un carnet écorné. Je le regarde, ahuri par son audace.

— Je veux juste écrire…

Sa justification est timide.

— Trop cons ? Je suis ton supérieur bordel !

Nos rires s'éteignent.

— Allez les gars, dis-je avec fermeté, on se concentre. La lumière baisse. Dès que la nuit est bien installée, on y va. Juste à faire vite, et propre, à tracer et on retrouve les nôtres. C'est du gâteau hein, une petite traversée de rien pour des types comme nous. On a fait le pire, on a survécu à leur putain d'enfer glacé. Compris ?

Trois paires d'yeux sont braquées sur moi. Je leur mens et ils le savent.

— C'est la merde. Mais on va le faire et on les laissera pas nous attraper, on va les baiser, c'est compris comme ça ?

— Oui lieutenant.

Leur réponse en chœur me fait hocher la tête.

Werner secoue sa main. Lorsqu'il veut écrire, ses doigts gourds restent figés.

— Putain de météo de merde !

Notre fou rire nerveux reprend, plus idiot encore que le précédent.

La nuit nous enveloppe. Dos voûtés, nous longeons le flanc descendant d'une colline. Les buissons épineux s'espacent peu à peu jusqu'à la corne du bois. Nous terminons notre avancée à découvert, aplatis au sol. Les ourlets de terre qui forment de petites surélévations devant nous ne laissent aucune place au doute : nous sommes dans les lignes ennemies. Nous n'avons plus le choix. Muscles bandés, cœur battant, j'élève la main.

C'est le signal.

Couteaux tirés, nous nous laissons couler dans la tranchée. Sans chercher à comprendre, j'empoigne le manteau qui me tombe sous la main, je le tire à moi, je bascule sur ce corps trop surpris pour être réactif. Le métal froid de mon arme pénètre dans sa chair, j'enfonce plus vite, plus loin. Un rapide coup d'œil à mes camarades m'indique qu'ils ont fait de même. La voie est libre. Nous remontons par-dessus le parapet. Handicapé par le poids du lance-flammes portatif, Karl roule le long de la butée. La respiration inégale et bruyante de Werner me vrille les nerfs, je rengaine mon couteau, puis je fais glisser l'anse de mon fusil mitrailleur pour amener la crosse entre mes mains. Nous avançons à demi accroupis, perdus entre les deux lignes. Derrière nous, les Russes, devant nous, nos frères. Mon cœur se crispe à chaque inspiration.

— *Germanski* !

Des cris s'élèvent derrière nous.

Soudain, un aboiement métallique venu de nulle part fuse dans la nuit ; puis un second, un troisième. Le quatrième vise Karl. Des étincelles chuintent et grésillent dans son dos. En un grondement sourd, le réservoir du lance-flammes s'embrase. Karl pivote, aussi surpris que nous trois.

L'espace d'une seconde, il tournoie sur lui-même... Je me rue vers lui, le feu me repousse. Je recule, je recule encore, ébloui par cette colonne liquide qui le dévore impitoyablement. J'arme mon fusil, prêt à faire taire ses hurlements... Je n'ai pas le temps d'agir : un souffle chaud et visqueux me crache au visage.

Karl a disparu... Une mine vient de le pulvériser.

Je titube.

De toutes parts, les balles fusent, des grenades explosent.

Nous voilà piégés au milieu de la fusillade qui illumine le *no man's land*. De la bile acide remonte ma trachée. Les fumées me griffent les pupilles, mes tympans vibrent de mes sanglots et de mes quintes de toux.

Je suis allemand ! Je suis l'un des vôtres ! Ces appels tambourinent contre mes joues, mes pieds foulent le vide, je roule, je tombe, un trou de grenades, je remonte, haletant, je me redresse, me voici à la surface.

Brutalement, un choc me coupe en deux.

La nuit chavire. La masse noire du ciel bascule contre la surface dure et blanche de la neige. Je heurte le sol. Le vide résonne entre mes côtes. Je tente vainement de m'agenouiller ; la douleur m'arrache un cri.

Je suis blessé.

Gravement blessé.

Mourant ?

Mon estomac se révulse... je ne savais pas qu'on pouvait avoir si mal... Je refuse ce que je comprends. Je vais mourir ici. Je vais pourrir ici. Cette perspective m'amène des larmes qui gèlent entre mes cils. Adèle flotte autour de moi. Est-elle toujours en vie ? Elle disparaît et je tremble, frigorifié par le liquide poisseux qui trempe ma vareuse et imprègne mon manteau. Une intolérable lame me transperce. Ce ne devrait pas être si difficile de mourir. Je sanglote. J'appelle. Personne ne répond tandis que je suis aspiré vers une autre nuit habitée d'images familières. Les visages se floutent, les échos se dilatent. Je vogue dans ce magma irréel et à la fois je sais que je suis encore là, sur ce sol froid, paupières scellées et bouche close. Un vacarme de fers cognés emplit mes poumons. La douleur incendie mes entrailles. On me tire, on me traîne, on me bascule, je roule, roule, roule encore, emporté par mon élan dans une herbe qui fleure bon le printemps. Mais l'herbe fait place à la neige. Brutalement ma course s'arrête.

CHAPITRE 10

Adèle

Un deuxième coup ébranle le battant de la porte. Calé au creux de mon coude, Clémens gazouille en tétouillant son poing, indifférent à l'inquiétude qui me gagne.

Je connais cette pièce qui me sert de logement depuis des mois, je sais que je n'ai pas d'issue, mais je ne peux retenir un coup d'œil circulaire.

— Ouvrez ou je tire à travers le panneau ! ordonne une voix.

Le cœur battant à tout rompre, j'entrouvre la porte. Un homme en manteau de cuir noir, le visage mangé de cicatrices me scrute.

— Adèle Delestre ?

Je me sens blêmir et je serre mon fils contre moi.

— Police allemande, vous devez me suivre.

— Mais… je… que se passe-t-il ? balbutié-je, choquée.

— Je ne peux rien vous dire, c'est un ordre. Du SS *Hauptsurmführer* Meyer.

À l'énoncé de ce nom, le sang quitte mon visage. La dernière lettre du lieutenant date de plusieurs mois, bien avant la naissance de Clémens. Depuis notre entrevue d'octobre, Otto Meyer ne m'a reçue qu'entre deux portes. Il se montre évasif — si ce n'est fuyant — quand je lui demande des nouvelles. Le mois dernier, il est parti pour Berlin, et depuis je n'ai pas eu de ses nouvelles. Entendre son nom dans la bouche de cet inconnu me procure des frissons d'anxiété. Je pense au pire. Je ne sais pas ce que Heinz est devenu, je l'espère vivant mais l'angoisse me ronge. Est-il empêché de m'écrire ? Je n'ai pour moi que des suppositions.

J'enveloppe Clémens dans une couverture, j'enfile mon manteau. J'essaye de masquer les tremblements qui me saisissent. L'homme me fait signe de le précéder dans l'escalier, j'obéis, ses pas résonnent sur les degrés. Nous dépassons la porte vitrée de la logeuse, les rideaux sont tirés.

Me revoilà dans ce couloir, sur cette banquette de moleskine où je suis si souvent venue. L'angoisse m'étreint. Est-il arrivé quelque chose au lieutenant ? Clémens me dévisage, ses iris s'ancrent aux miens, et je me noie dans ses pupilles où le bleu et le gris se disputent la préférence. J'éprouve tant de sentiments contradictoires envers ce petit être... Une colère inavouable, teintée de rancœur et d'angoisse, et puis d'incontrôlables élans de tendresse. Je me détache de ce regard qui attend trop de moi.

Meyer apparaît dans l'encadrement. Je lui adresse un sourire forcé, réfrénant l'envie de vomir sur ses souliers vernis.

La porte de son bureau se referme derrière nous. Meyer me salue.

— Petra !

Sa secrétaire se précipite vers moi. Vive comme l'éclair, elle ôte Clémens de mes bras.

— Mon bébé... Que faites-vous ! Rendez-moi mon fils ! Cramponnée à la chaise, je hurle tandis que Meyer arbore un sourire reptilien.

— Calmez-vous. Cet enfant vous sera rendu après notre entretien. Je ne vais pas lui faire du mal. Je suis son oncle, tout de même.

— Rendez-moi mon fils ! supplié-je.

Je souffle, j'inspire, je ne sais plus respirer. Une petite voix intérieure m'intime de ne pas céder à la panique.

— Est-ce que... son père va bien ? demandé-je en m'efforçant au calme. Est-ce qu'il est toujours en vie ?

— Nous en parlerons après.

— Non, maintenant ! Est-ce pour cela que vous avez fait éloigner mon fils ? Pour m'annoncer une chose terrible ? Dites-moi !

— Ce n'est pas à vous de décider ce que j'ai à vous dire ! crie Meyer avec une soudaine violence qui me laisse stupéfaite. Est-ce que Heinz ne vous recommandait pas d'être raisonnable dans sa dernière lettre ?

— Vous l'avez lue ?

— Évidemment. Ne soyez pas scandalisée, j'ai le devoir de protéger mon beau-frère d'éventuelles idées subversives que vous auriez pu lui mettre en tête. Mais j'ai pu constater que vous n'étiez pas nocive. Par contre, votre frère est un dangereux criminel. Les polices allemandes et françaises le recherchent activement. Je veux le mettre hors d'état de nuire. Le plus vite possible.

— Mon frère ? Mais je n'ai aucune nouvelle de lui !

— Ce n'est pas ce que dit votre logeuse !

— Quoi ?

— Il est venu vous voir plusieurs fois, et vous vous êtes disputés.

— Elle doit faire erreur.

— Ne jouez pas avec moi ! tonne Meyer avant de se radoucir aussitôt : votre frère est venu, il y a longtemps, il y a plusieurs mois. Donnez-moi de ses nouvelles. Je vous en donnerai du lieutenant Sieber. Je ne peux pas laisser mon beau-frère se mêler à une famille qui trempe dans le terrorisme. Vous ne poursuivrez cette... liaison qu'à condition que votre famille soit purifiée de ses mauvais éléments. Et pour ce qui est de mon neveu, mademoiselle Delestre, c'est le dernier avertissement que je vous donne.

— Laissez mon fils en dehors de ça !

— Ce n'est pas *votre* fils, c'est un enfant de sang germanique ! Je vous ai pourtant bien expliqué après sa naissance ce qu'il fallait faire, comment il fallait éduquer un enfant du *Reich*. Il ne devra craindre ni la souffrance ni le sacrifice. Il faut affirmer sa force physique et mentale, et lui apprendre la pureté de notre idéologie ! Mais le lieutenant Sieber est absent, et je suis inquiet. Nous avons des internats en Allemagne. Il existe aussi des programmes qui permettent de donner des enfants aryens à des nazis stériles. J'ai beaucoup pensé à ces programmes, parce que vous avez les cheveux clairs, un visage symétrique et un corps sain… Malheureusement, je ne suis pas certain que l'enfant soit de race assez pure. Il faudrait des avis de médecins spécialistes des questions raciales et des métissages. Je dois contacter l'Office de la Race et du Peuplement pour obtenir un expert. Et on décidera ensuite de son intégration à notre programme.

— Je ne veux pas de ce programme ! Je suis sa mère ! C'est à moi de l'élever !

— Nous verrons. Donnez-moi des gages de votre bonne volonté.

— Rendez-moi mon fils !

— Calmez-vous. Clémens est en ce moment avec des auxiliaires féminines. Vous le récupérerez en sortant. Dites-moi plutôt, votre frère, où a-t-il des attaches en dehors de votre région natale ? Nous savons qu'il n'est pas à Saint-Liboire, ni à Angers, ni à Cholet. Alors où peut-il être ? Selon vous ?

Meyer fouille dans mes yeux comme pour y déterrer une vérité enfouie.

— Je vous l'ai dit, je ne sais pas ! Mais… vous n'avez pas arrêté ma mère au moins ?

Une expression de stupéfaction, puis d'amusement sadique passe sur le visage de Meyer. Il se masse les mâchoires, puis se dirige vers la porte qu'il entrouvre pour passer quelques ordres en allemand. Enfin, il se retourne vers moi :

— Nous n'avons pas arrêté votre mère. Elle ne nous aurait rien appris.

Son ton sournois me tient en alerte, je le sens qui guette ma réaction, je ne sais ce que je suis censée laisser paraître. Il poursuit avec lassitude :

— Revenez dans une semaine avec des informations. Jusque-là, plus de courrier. Ni dans un sens ni dans un autre. Et plus d'argent.

— Je suis libre ? questionné-je, incrédule.

— Mais oui naturellement. Pour qui me prenez-vous ? Descendez au rez-de-chaussée, mademoiselle, l'enfant vous sera rendu.

Je salue du bout des lèvres, essayant de garder un semblant de dignité, retenant mes jambes qui ne demandent qu'à courir. En bas de l'escalier, une femme en tenue militaire me tend Clémens.

— Il a une dent ! articule l'auxiliaire féminine en pointant du doigt la bouche de mon fils.

Émue de tenir mon fils, je le respire, je le serre, je lui embrasse les doigts. Des larmes de soulagement mouillent mes yeux, glissent dans son cou potelé. Il est cette preuve de ce qui a existé, ce prolongement de ce qui ne sera peut-être plus. Si je doutais de l'aimer, à présent j'en suis certaine, je l'aime follement, à la mesure de l'amour que j'ai porté à son père.

Je fourre mes affaires en vrac dans ma valise devenue bien trop petite. Clémens joue avec ses mains, allongé sur des couvertures. Je m'oblige à faire le tri. Il ne faut prendre que le nécessaire. Des vêtements chauds, des langes, des sous-vêtements, du savon. Je vide les tiroirs à la recherche des derniers bons de rationnement, je recompte mes dernières économies. L'argent qui m'était versé tous les mois — une partie de la solde du lieutenant — n'a pas été donné cette fois-ci. Mille questions m'assaillent. Comment a-t-il pu être si confiant ? Pourquoi est-ce que je ne lui ai jamais demandé son adresse à Berlin ? En temps de guerre, les courriers passent-ils la frontière ? On dit que Berlin est bombardé chaque nuit… La maison du lieutenant n'est-elle qu'un tas de gravats ? À quoi se raccrocher ? Clémens pleure en mordillant son poing.

Je lui donne le sein qu'il engloutit, je le berce doucement. Ses paupières se referment, mes lèvres caressent son front apaisé, sa joue rebondie et satinée, j'aime son odeur de lait. Meyer n'aura jamais Clémens, je m'en fais la promesse.

Ma valise coincée sous le landau, je quitte ce logement sans regret. Je n'ai qu'une adresse de repli ; celle de Madeleine. À ma grande surprise, elle est chez elle. Sa porte s'ouvre en grand et elle s'efface pour me laisser entrer, tout en observant avec circonspection mon chargement.

— Et tu as vraiment besoin de tout ça… juste pour venir boire un thé ?

— Je vais t'expliquer… mais je m'attendais pas à ce que tu sois déjà rentrée… T'es pas au travail ?

— J'ai été renvoyée. Hier. Un sous-officier de l'intendance m'a dit de déguerpir. Selon lui, je devrais m'estimer heureuse de ne pas être arrêtée. Il m'a lâché une histoire d'enquête de sécurité… Ma tante m'a dépanné de quelques billets, le temps de voir venir. Je sais pas où je vais pouvoir embaucher. Les temps sont durs quand on ne peut pas travailler pour les Allemands. En un mot, je suis dans le pétrin.

— À qui le dis-tu ! lancé-je en me laissant choir sur le canapé.

Les ressorts de l'assise couinent sous mes fesses, écho grinçant à ma ridicule détresse.

— Je suis seule, je n'ai plus d'argent, je dois partir. Je ne sais pas où aller.

Madeleine me jette un regard de pitié :

— C'est ce que je t'avais dit. Je t'avais prévenue qu'il te laisserait tomber, que ce gosse tu l'aurais sur les bras. Les hommes n'ont pas de parole.

— Il est différent... il n'y est pour rien !

— Ce type ne te mérite pas. C'est un salaud, comme...

— Non ! Heinz n'est...

Ma voix se brise sur ce prénom que j'ai tant de mal à prononcer, je tente de contenir les larmes qui obstruent ma gorge ; je poursuis la voix altérée par trop d'inquiétudes :

— C'est son beau-frère, Meyer. Il faisait le lien entre nous, et il a décidé de tout bloquer... les lettres, l'argent... Je n'ai plus aucune nouvelle du lieutenant, et il n'en aura plus de moi. Peut-être qu'il pense que c'est moi qui l'ai abandonné, qu'il me déteste... Peut-être même qu'il est mort...

Ces évidences me secouent les épaules et une brusque montée de larmes m'empêche de poursuivre. Fébrile, je fouille mes poches à la recherche d'un mouchoir que je ne trouve pas, je m'essuie le visage avec ma manche, je renifle.

Je suis pathétique, j'en ai conscience mais le chagrin me dévore autant que la rage que je nourris envers ce salopard de nazi. Mes explications se noient dans mes sanglots ; et les larmes floutent partiellement l'expression stupéfaite de mon amie.

Un silence nous enveloppe, puis Madeleine se lève, farfouille dans un tiroir et revient me tendre un mouchoir. Je suis si fatiguée que je continue de renifler en roulant ce mouchoir en boule au creux de mon poing, les joues mouillées de larmes tandis que mon amie s'active en cuisine.

Finalement, je me mouche bruyamment. Madeleine revient s'asseoir à côté de moi, après avoir apporté deux tasses fumantes sur la table basse. Elle me prend les deux mains.

— Nous voilà toutes les deux dans un sacré pétrin... souffle-t-elle. Enfin tous les trois, corrige-t-elle en glissant un regard vers le landau.

Le souvenir de Meyer fait palpiter durement mon cœur. Je m'insurge :

— Je ne laisserai jamais ce foutu salopard me voler mon fils ! Tu t'en rends compte, les horreurs qu'il m'a servies... « Un enfant de sang germanique doit être élevé par des nazis »... ! Si aujourd'hui Clémens est là, près de moi, si j'ai pu l'emmener avec moi, sortir de ces bureaux avec lui, c'est seulement parce que Meyer doute qu'il soit un véritable aryen... Cet homme est fou, Madeleine !

— Et tu n'as aucun moyen de prévenir ton lieutenant ?

— Plus maintenant... J'avais un numéro de secteur postal, mais pour arriver les lettres doivent passer par leurs maudits services de poste militaire ! Il faudrait que ce soit un soldat allemand qui envoie mes lettres mais... je n'en connais aucun.

— Et moi qui me suis fait virer...

Madeleine me glisse une tasse entre les mains, je sirote le thé doucement ; ses arômes se diffusent en moi, et la chaleur de la boisson me détend. Peu à peu, mes muscles se dénouent.

Nous buvons en silence, tournées vers nos dilemmes. Faut-il fuir ? Pour aller où ? Entrer en clandestinité ? Je le sais, intérieurement nous nous posons les mêmes questions.

— Nous ne pouvons plus rester ici, dis-je.

— Non.

— Et que faire ? Sans argent, sans travail, sans famille...

— Pas sans famille. On pourrait aller chez mon frère Georges, le temps de voir venir.

— M'éloigner de Meyer, tu sais ce que ça signifie... c'est perdre ce lien qui me rattache au lieutenant... Je ne suis pas capable... je, je...

Madeleine pose une main rassurante sur mon genou :

— Meyer va te prendre ton fils Adèle. Et que crois-tu qu'il fera ensuite ? Il peut tout.

— Il n'oserait pas…

— Bien sûr que si. Il te fera disparaître si tu le gênes… On va aller chez Georges. Toutes les deux. Il ne me dira pas non. Bien sûr, pas un mot sur nos bons amis d'outre-Rhin, enfin sur toutes ces choses… Et il va falloir me laisser quelques jours, le temps de sous-louer le logement. Manon devrait me trouver un locataire qui a besoin de discrétion.

Deux jours après cette conversation, nous quittons Paris. La cadence du train est tranquille, les nombreux arrêts imposés me mettent les nerfs à vif. Le souvenir du lieutenant est trop brûlant pour ne pas me torturer, mes lèvres se souviennent des siennes, je les mordille avec au cœur le poids de mon ultime trahison. Je fuis, je disparais, je l'abandonne.

Le soleil caresse les jardins des pavillons de banlieue, puis nous quittons les faubourgs et les rayons dorés s'étalent désormais pleinement sur la terre brune des champs labourés.

Bientôt les premières jonquilles raviveront les fossés ; ce décompte me déprime : un an que le lieutenant est parti et voilà que se profile un deuxième printemps de solitude et d'angoisse.

— Tu dois manger. Donne-moi le petit.

Sans attendre de réponse, Madeleine m'arrache Clémens et le cale au creux de ses bras.

— Quel joli poupon, s'exclame une passagère au ventre rebondi. Quel âge a-t-il ?

La question m'est adressée.

— Quatre mois, marmonné-je.

— Moi, c'est pour juin. Avec mon mari, on n'arrête pas de se chamailler pour les prénoms ! Comment s'appelle ce petit ange ?

— Clément, répond Madeleine précipitamment.

— Ravissant. Et qui a gagné ? interroge la voyageuse en s'adressant à moi.

— Gagné… ?

— Le prénom, le choix du prénom ?

Le train ralentit comme se profilent des rangées de maisons. Une voix annonce l'arrivée imminente en gare d'Angers.

— C'est son père qui a choisi, dis-je sèchement.

Un ange passe. Regards croisés. Le train s'immobilise, des passagers quittent la voiture, la voyageuse indiscrète s'est détournée de moi.

— Tu ferais mieux de manger, rouspète Madeleine tandis que Clémens pousse de petits cris.

Sans conviction, je mords dans le sandwich préparé la veille au soir. Le train traverse de petites bourgades aux noms familiers, longe la Loire et ses bancs de sable, se faufile entre les collines. Ce terroir je l'ai tant aimé et j'ai tant voulu le quitter. Comme il est étrange d'être si proche et pourtant si éloignée des miens ! Les toits d'ardoises, les façades de pierre blanche mangées de lierre, les massifs de rosiers… ces maisons sont toutes la mienne… Dix fois, j'ai l'impression d'être au seuil de ma demeure… cent fois, je me revois pousser cette porte qui m'est désormais fermée. Je suis bannie, exclue, reniée, le temps n'y fait rien, puisque ma mère continue d'opposer un silence obstiné à chacune de mes lettres…

Plus nous approchons de la côte, plus la tension à bord du train monte. À Nantes, la police effectue un contrôle des identités et des bagages. Je tends mes papiers, et bien qu'ils soient en règle, mes mains sont mouillées de sueur. Dans le compartiment voisin, une femme est interpellée. Depuis ma place, je perçois des bribes… « Défaut du port d'étoile jaune », la femme se défend, proteste, les policiers haussent le ton, j'entends le claquement d'une main sur une joue. La femme est bousculée entre nos sièges, jetée sur le quai. Le train repart.

Quinze minutes plus tard, nouvel arrêt, et nouveau contrôle. Casques tombant sur les yeux, fusils et cartouchières en bandoulière, des soldats investissent les voitures. Arrogants, pressés, ils réclament nos papiers. À nouveau, je leur tends les miens, sans oser croiser leurs regards. Mais je ne semble pas les intéresser. Ils s'attardent sur les hommes jeunes, ceux de mon âge, dans la vingtaine qu'ils suspectent d'être du nombre des réfractaires ou des maquisards —, ils fouillent les cabas des quelques passagers aux allures citadines. Le contrôle est mené avec organisation et rapidité. Personne n'est interpellé. Avec empressement, les soldats redescendent. Le sifflet du chef de gare retentit au milieu des aboiements ; les dobermans tirent sur leurs laisses, excités par le bruit et l'agitation. Le train repart, et mes épaules se relâchent. Derrière la vitre, la plaine herbeuse fait place à une zone marécageuse, surélevée de bâtisses en béton armé. Au-delà de ces bunkers, vers l'horizon dégagé, court une enfilade de pins maritimes aux cimes agitées par le vent. Fatigué du voyage, Clémens pleure sans trouver le sommeil. Je le berce sous le regard courroucé de mes voisins. Il finit par s'endormir lorsque le train atteint son terminus. Saint-Nazaire.

L'air iodé et vivifiant de la mer souffle dans ma jupe. Je roule le landau le long du quai, me frayant un passage entre les voyageurs. La plupart des gens ici sont des hommes. Des Français jeunes et d'apparence modeste ou bien des Allemands portant la tenue bleue de la marine. Une fraction de seconde, je m'interroge, mais mon attention dérive vers Clémens, je m'attendris en voyant son petit nez se froncer sous les énergiques caresses du vent.

— Mado ! Mado !

La voix masculine me fait redresser la tête ; à mes côtés Madeleine sautille en faisant de larges signes de la main.

— Eh ! Georges !

Le frère de mon amie fend le flot des voyageurs. Plus il se rapproche, plus je trouve son physique familier. Cheveux noir de jais, regard chaleureux, Georges a la même stature que sa sœur — plus petit que la moyenne, visage mince, épaules et hanches étroites.

— Enchanté ! s'enthousiasme Georges qui, après avoir embrassé sa sœur, se tourne vers moi et me serre la main.

— De même, réponds-je avec un entrain forcé.

— Et oh… un petit chérubin ? s'enquiert le jeune homme en jetant un œil dans le landau. On en voit plus tellement dans le coin…

— C'est mon…

— Son neveu. C'est son neveu, Clément, coupe Madeleine. La mère de pauvre petit est trop malade pour s'en occuper.

— Bien dommage que vous ayez dû l'amener ici…

Je me froisse : qu'est-ce que ça peut lui faire ? Je m'apprête à lui répondre mais il ne m'en laisse pas le temps. Il enchaîne en désignant ses vêtements usés jusqu'à la corde :

— Désolé pour la tenue, j'arrive tout droit du chantier.

— T'en fais pas, va. Après une journée de voyage, on n'est guère mieux, s'amuse Madeleine en prenant le bras de son frère.

— Eh bien, allons-y. Martin nous attend avec une voiture. Je me suis dit qu'avec les bagages, ça serait mieux. Et j'avais pas compté le loustic et tout son barda !

Georges me dédie un clin d'œil, je ne parviens pas à lui sourire.

En fait de voiture, c'est un fourgon Simca qui nous attend. Georges charge nos bagages à l'arrière, puis s'installe sur un sac de plâtre, une main serrée sur le guidon du landau. Vaguement inquiète de le savoir gardien de mon fils, même si je suis à un mètre de lui, je prends place à l'avant, suivie par Madeleine qui se serre à côté de moi. Le chauffeur met le contact en marmonnant :

— Salutations mesdames. Pignard.

— Eh Martin ! T'as de ces façons de te présenter aux dames ! ironise Georges depuis l'arrière. Bon, Martin Pignard, avant de rentrer, tu passeras chez Boigno. Il m'a promis de me garder ce que je préfère. Des fruits de mer. Un régal ! Ma petite Mado, tu vas voir… ça va changer du rationnement parisien !

— Sois pas trop fier, temporise Martin. On trouve pas tous les jours de quoi se faire de bons repas, et puis… c'est pas sûr qu'on soit mieux lotis ici qu'à Paris !

La camionnette cahote sur la chaussée et évite les cratères qui trouent le goudron. Autour de nous, c'est un spectacle de désolation. Pans de mur effondrés, toitures percées, habitations écroulées. Je reste ébahie, sidérée. Je n'avais encore rien vu de tel. Les souvenirs de la station de métro et des canalisations éventrées me reviennent, mais paraissent presque insignifiants en comparaison de l'ampleur des destructions qui nous entourent. Ici, ce sont des immeubles, des pâtés de maisons, des quartiers entiers qui sont réduits à des tas de gravats poussiéreux. Vestiges étalés à la vue de tous, le cœur des maisons s'exhibe dans la douleur : salon trempé par les pluies, cuisine jonchée de verres, lés de papiers peints brûlés, déchirés, flottants au vent, escaliers s'ouvrant sur le vide. Une baignoire, en partie arrachée, menace de chuter dans le vide ; un vaisselier remue ses portes en grinçant.

— Les Anglais et les Américains nous canardent sans arrêt depuis l'automne dernier. À cause de la base sous-marine et des chantiers.

Madeleine et moi échangeons un regard d'effroi.

— Georges ne vous a pas dit ? Depuis janvier, la préfecture a fait évacuer les familles. Il ne reste que nous, les ouvriers, les « indispensables », comme ils nous appellent. Et aussi une poignée de foutus entêtés qui refusent de partir.

— Pas d'affolement sœurette… Notre logement n'est pas de ce côté, on est loin du port et de la base.

La camionnette chemine dans des rues étroites. Peu à peu les destructions s'espacent, les façades se succèdent. Martin se gare et coupe le moteur. Il descend et ouvre l'arrière du fourgon pour laisser sortir Georges qui vient s'accouder à ma portière et me fait signe de baisser ma vitre. J'actionne la manivelle.

— Attendez-nous là. On revient.

Du menton, il désigne l'extrémité de la rue barrée par un mur gris surmonté de barbelés :

— Les boches ont monté ça pour bloquer l'accès aux plages. Restez tranquille, attendez-nous ici, on arrive.

J'acquiesce, je les regarde s'éloigner dans le rétroviseur. Clémens est silencieux. La nuque calée contre le dossier de la banquette, je pousse un long soupir. Mon amie se tait, nous portons toutes deux l'angoisse des jours et des nuits à venir. La nuque calée contre le dossier de la banquette, je ferme les yeux pour m'imprégner de cette rumeur inconnue que j'avais essayé d'imaginer : le ressac de l'océan ponctué par les piaillements des mouettes.

L'appartement est fonctionnel. La salle de bain est raccordée au réseau d'eau, et les deux chambres, meublées sommairement suffisent à notre confort. Dans l'immeuble ne logent que des ouvriers qui travaillent sur les chantiers du Mur, et les cloisons résonnent de discussions et de tintements de vaisselle.

La nuit tombe. Georges et Martin tirent les volets et calfeutrent les fenêtres. Le plateau de fruits de mer, accompagné d'un vin bon marché, est servi à la lumière des bougies. Des ombres se projettent sur les murs de plâtre blanc. Georges se lèche les doigts puis les essuie dans une serviette à carreaux rouges, roulée à côté de son assiette :

— Comme je vous l'ai dit tout à l'heure, vous êtes les bienvenues. Et les amis de Mado sont mes amis, ajoute-t-il à mon intention. Mais on a causé Martin et moi et... vous voyez bien… ce n'est pas un endroit pour des femmes. Encore moins pour un bébé.

Martin acquiesce en silence. Georges continue en nous regardant tout à tour, Madeleine et moi :

— On va s'occuper de vous chercher quelque chose sur la Baule ou Pornic, dit-il. C'est moins exposé.

— Ouais ou vers Saint Brévin, propose Martin. Le facteur pourrait y dégotter un logement à louer.

— Dans ce cas, il va falloir demander des *Ausweiss*.

— Pourquoi ?

J'ai pensé à voix haute, Georges plante son regard dans le mien et poursuit :

— Parce que les Allemands interdisent les locations saisonnières. Tous ceux qui n'ont pas de résidence principale ont dû déménager. Alors si vous compter rester dans le coin, il va falloir trouver du travail pour justifier de votre présence et faire une demande d'*Ausweiss* spécial pour la toute la zone côtière.

— Du travail, on en a bien besoin de toute façon ! s'emporte Madeleine. Nos poches sont vides.

— T'en fais pour ça Mado, avec la pénurie de femmes, les boches cherchent toujours des lingères pour leurs hôtels ou pour les ouvriers venus de chez eux.

— Et pour Adèle ? Elle est infirmière.

— Je prendrai ce qu'il y a…

— Infirmière ! C'est un boulot d'avenir !

Georges me tapote la main :

— Ne vous inquiétez pas, vous trouverez.

Le mugissement des sirènes antiaériennes nous surprend dans la lueur tremblante des bougies. Une série de tirs claquent au-dehors. Martin pousse une série de jurons qui se termine en imprécations.

— C'est encore pour la base ! Bordel… mais quand est-ce que ces abrutis vont comprendre qu'elle est trop solide pour leurs bombes ?

— On devrait peut-être descendre à la cave… chuchoté-je.

Martin me jette un éclat de rire condescendant :

— Eh ! Vous pouvez parler à haute voix, ça n'attirera pas plus les bombes par ici !

— Ne vous en faites pas les filles, ajoute Georges, c'est pas pour nous. Dans cinq minutes ce sera fini et on pourra reprendre notre petit gueuleton en paix !

Ces cinq minutes annoncées me paraissent infiniment longues. Nous demeurons assis à siroter notre vin. Soudain les canons de la défense antiaérienne se taisent, muselant les sirènes. Martin hausse un sourcil et nous ressert un fond de vin.

— Peut-être bien que les boches les ont eus cette fois…

— Pauvres rosbifs ! Paix à leur âme.

— De toute façon, à ce qu'on entend, la guerre ne durera plus très longtemps.

L'affirmation de Madeleine résonne dans mon esprit.

— Comme tu dis, sœurette… Il n'y a qu'à voir le débarquement d'Italie, les ritals se prennent une de ces branlées… !

— M'enfin, les boches ne sont pas de la même trempe que les Italiens ! corrige Martin.

— N'empêche, les vert-de-gris de tout poil sont sur les dents… et ça sent la fin.

— Justement. La fin, ce sera un massacre. Les boches sont tellement allumés qu'ils crèveraient jusqu'au dernier plutôt que de perdre la guerre.

Mon cœur se crispe entre mes côtes. Je songe à mon amour perdu, et son souvenir m'embrase autant qu'il m'érafle.

CHAPITRE 11

Adèle

L'eau salée clapote autour de mes chevilles qui s'enfoncent dans le sable mouillé. Voilà trois semaines que je suis arrivée à La Baule. Ma situation matérielle a bien évolué : Madeleine et moi habitons un appartement meublé ; j'ai déniché un emploi d'infirmière au dispensaire cinq après-midis par semaine. Quant à mon amie, elle a été embauchée dans un bar de nuit pour sous-mariniers, ce qui a grandement facilité l'obtention de nos *Ausweiss*. L'organisation de nos journées est bien rodée.

Pourtant, je me sens vide. Tout m'est égal. Je pourrais aussi bien vivre sous un pont. Mon corps s'anime, ma bouche remue, je grimace des sourires, je fais semblant. L'amour que je porte à mon fils ne me maintient pas à flot, le souvenir du lieutenant me submerge et me noie de questions vaines. Où est-il ? Que fait-il ? Pense-t-il à moi ? M'aime-t-il ? M'a-t-il abandonnée ? Ou inversement croit-il que moi je l'ai abandonné ? Est-il encore vivant ?

Les vagues me chatouillent les mollets. Des bribes de voix percent ma douleur. Madeleine est là, qui gesticule à mes côtés.
— Encore dans tes pensées ?
— Hmmm.

— Clément est resté là-haut, près des rochers avec Georges et Martin.

Je plaque un air aimable sur mon visage.

— Il s'amuse bien, il aime le sable, je te le dis. Si on le laissait faire, il en mangerait !

Je force un sourire, incapable de répondre.

— Il regarde les grains couler entre ses doigts potelés et on dirait qu'il n'existe rien de plus sérieux au monde ! Un amour...

— Oui...

— Et avec la grande marée, on a trouvé des moules, des bigorneaux, des berniques. Si on avait des oignons pour assaisonner le tout, ça serait un sacré festin.

Le chagrin écrase mes poumons, je balbutie :

— Je me suis trompée, tu sais. J'avais cru qu'avec Clémens, ça suffirait. En fait, non. Pas du tout. Je n'y arrive pas...

— Oublie. Ce serait mieux.

— Je peux pas. Je ne suis pas comme toi. Je ne peux pas oublier.

— Foutaises ! Tu es vivante, c'est tout ce qui importe ! Tu l'oublieras ! Allez viens, je te dis, les autres vont nous attendre. Et le bas de ta jupe est trempé !

— Rentrez, je vous rejoindrai.

— Mais... il y a près d'une heure de marche pour rejoindre La Baule ! Fais un effort, les gars sont quand même venus nous rendre visite... Allez, bouge-toi !

Je croise les bras sur ma veste de lainage.

— Emmenez Clémens. Je vous rejoindrai.

Madeleine pousse un soupir bruyant, me lance un regard mi-désapprobateur mi-désolé avant de pivoter et de me laisser enfin seule.

Je me recentre sur mes questions sans réponses, épuisée de ne trouver aucune paix.

La peur d'être dehors en plein couvre-feu me décide à quitter la plage, et j'arrive à l'appartement à la tombée de la nuit.

— C'est moi qui ai bercé ton « neveu », me fait savoir Madeleine d'un ton aigre.

— Et aussi changé et nourri, continue Georges en riant, comme l'aurait fait une vraie petite maman ! Tu vas bientôt être prête à te marier Mado ! Et moi je ferai un bon tonton, non ?

— Pour sûr, approuve Martin qui ouvre les moules. Autant qu'Adèle est une tata gâteuse !

Je me mords les lèvres pour demeurer silencieuse. Ce déni de maternité, c'est la seule chose capable de susciter en moi une réaction. Je me révolte en silence. *On ne prononce pas Clément ! Il n'est pas mon neveu !* J'ai envie de leur envoyer la vérité en plein visage. Leur gaieté m'insupporte. Madeleine se plante devant moi, une pile d'assiettes entre les mains.

— Aide-moi à mettre le couvert !

Je m'exécute. Bien sûr. Je mets mes muscles en mouvement, je réponds de temps à autre, quand un mot saisi au vol vient se fracasser contre ma tristesse. Mais ces automatismes ne sont pas moi. Je suis blottie dans un cocon d'épines. Je retourne les questions, j'en fais des suppositions, je devine, j'espère, je m'angoisse, je souffre à chaque esquisse.

Je mâche quelque chose sans saveur. Avais-je seulement faim ? Mon estomac n'avait besoin de rien, mon corps ne me réclame aucune nourriture.

Une exclamation me fait sursauter et revenir à la réalité.

— Pouah ! Ce goût de mazout, c'est franchement dégueulasse !

— C'est mieux que rien. Dans la vie, il faut faire avec ce qu'on a, rétorque Madeleine à mon intention.

Le retentissement des sirènes couvre la réponse de Georges. Est-ce parce qu'il s'est habitué à ce vacarme ? Mon fils ne se réveille pas.

L'alerte se prolonge. Excédée, Madeleine entrouvre un volet.

— Cette fois, ça à l'air grave.

Nous nous agglutinons derrière elle. Le ciel sans lune est fouillé par les faisceaux blancs de la défense allemande. Les traits blancs se croisent dans la nuit qui rugit d'un ronflement terrifiant. La silhouette sans grâce d'un bombardier se détache dans la lumière crue des projecteurs braqués sur lui. Aussitôt les canons se déchaînent contre la lourde carlingue de métal. L'avion vrille et tournoie avant de piquer brusquement. J'étouffe un cri dans ma serviette de table. Le projecteur accompagne la chute vertigineuse de l'appareil qui explose contre la surface lisse de l'océan, projetant sur les bateaux du port des gerbes d'étincelles et de débris incandescents. Il n'en faut pas davantage pour que l'incendie se déchaîne. Les flammes se propagent à une vitesse effrayante. Les voiles se déchirent, les mâts chutent, les coques brûlent à leur tour. L'essence enflammée des réservoirs se déverse sur l'eau, striant la baie de longues traînées orangées.

— C'est pas le petit qui pleure ? me demande Georges en criant pour couvrir le vacarme ambiant.

Effectivement. Ses hurlements percent les tirs antiaériens. Je me précipite vers le lit. Il me tend les bras, je l'attrape, je le serre, je sens son petit cœur qui galope. Ses cheveux sont trempés de sueur. J'embrasse ses joues mouillées de larmes. Je tente de le réconforter dans ce chaos. Mes caresses l'apaisent moyennement, il hoquette de grands soupirs.

— C'est fini, c'est fini, répété-je, mon bébé, mon chéri, maman est là.

— Tu es donc la mère de ce petit... je le savais...

Georges est campé derrière moi. Je le regarde, ennuyée, ne sachant que dire, n'ayant pas l'intention de me justifier, quand tout d'un coup le sol tremble sous nos pieds.

— Ça chauffe !

Martin crie :

— À la cave !

Les murs vibrent au rythme des bombes qui n'en finissent pas de tomber. Nous nous mettons à courir dans l'escalier, affolés, nous trébuchons de marche en marche. Ni une ni deux, nous nous engouffrons dans la cave juste à l'instant où le faux plafond du vestibule s'écroule dans un nuage de poussière blanche.

Le lendemain nous émergeons de notre abri. Si un coup d'œil à l'extérieur nous fait comprendre l'ampleur du désastre, les informations qui se diffusent au fil des heures nous confirment à quel point ce raid a été d'une exceptionnelle violence sur toute la côte environnante.

La base sous-marine de Saint-Nazaire a résisté aux bombes, mais la ville a été soufflée et quasiment rasée de la carte. Un nombre incalculable de civils sont morts ou portés disparus. Après de longs débats, à peser les risques encourus pour chaque option, Georges et Martin décident d'entrer dans la clandestinité. Ils ne retourneront pas sur le chantier.

Nous nous retrouvons à quatre dans l'appartement de La Baule.

Malgré notre relative bonne entente, le logement devient vite exigu. Les deux jeunes hommes, devenus réfractaires, ne peuvent plus utiliser leurs *Ausweiss*. Ils sont contraints de rester cloîtrés, s'ennuient et se chamaillent pour des broutilles. Madeleine fait de plus en plus d'heures, car sans carte de rationnement, la nourriture se fait chère. La fatigue et la faim la rendent tyrannique. Georges lui tient tête sur le même ton. Et au beau milieu de ces disputes incessantes, je sombre de plus en plus dans la dépression.

En ce mois de mai 1944, le temps estival rend l'enfermement encore plus contraignant à supporter. Les grognements de Martin me reviennent encore une fois aux oreilles.

— J'aurais dû retourner sur ce foutu chantier ! Maintenant je suis coincé comme un rat. Coincé dans cette foutue boite !

Assise par terre pour soutenir Clémens qui rampe maladroitement., je relève la tête vers le plaignant. Il se roule une cigarette.

Son regard croise le mien, il a l'air attendri du tableau que nous formons mon fils et moi.

Avisant une chaise à l'assise défoncée, il la tire à lui et s'y laisse choir :

— Je me disais... il y aurait bien une solution, pour mettre le nez dehors. Gagner un maquis.

— T'es pas cinglé ?

Un long silence plane au-dessus de nous. Les deux amis évaluent mentalement leurs chances.

— La question c'est plutôt à qui s'adresser... Tu sais ce qu'on disait au chantier... une mauvaise oreille et au poteau. Toi tu es du pays... enfin de pas loin... tu sais peut-être ?

— Le facteur de Saint-Brévin, je sais qu'il en est, déclare prudemment Martin.

— De la Résistance ?

— De quoi d'autre Ducon ? On pourrait aller le trouver.

— C'est risqué.

— Tout est risqué en temps de guerre.

— Ouais tu sais bien qu'on a pas de papiers en règle. Au moindre contrôle...

— Moi je peux.

Surpris de mon intervention, Georges se redresse.

— Vous ? Vous iriez ?

— Oui, moi ; j'ai des papiers.

— Hmmm... non. Vous avez le petit. S'il vous arrivait malheur...

— En même temps, c'est pas comme si c'était son fils, marmonne Martin.

— Hors de question que ce soit elle. Martin, dis-moi où trouver ce facteur.

Silencieux, ce dernier paraît hésiter. Au bout d'un certain temps, il coince sa cigarette derrière son oreille.

— Alors, ton résistant, où est-ce qu'il crèche ? s'impatiente Georges.

Martin se lève.

— Si c'est un inconnu qui se présente, il va se méfier. Moi, il me connaît. Il fréquentait la famille. J'irai. J'y vais tout de suite.

Son ton est sans appel.

Quand je reviens du dispensaire en fin d'après-midi, Martin n'est pas encore rentré. Georges tourne comme un lion en cage, un œil sur mon fils. Clémens se blottit contre mon cou. C'est un bébé facile. Il mange quand on le nourrit, et ce quelle que soit l'heure, il dort lorsqu'on le couche, il s'adapte à tout et à tout le monde. Il sait se faire oublier.

Une fois qu'il est couché, je prépare des pâtes que j'assaisonne avec un fond de margarine. Madeleine est à son travail, Georges et moi dînons en silence.

— Ça ne me regarde pas, commence soudain Georges en repoussant son assiette vide, mais… je me disais… je pensais… le père du petit…

Je suspends ma fourchette en plein vol.

— Oui ?

— Le petit, son père, il n'en veut pas ?

La panique me gagne aussitôt.

— La question a le mérite d'être directe, dis-je pour gagner du temps.

— Et donc ?

— C'est compliqué.

D'un geste de la main Georges me signifie que cette question n'a pas grande importance à ses yeux. Mais je sais qu'il n'attend qu'une chose : que je me confie.

— Je n'ai plus de nouvelles. La guerre nous a séparés.

Sourire encourageant mais teinté de déception de l'homme en face de moi :

— Peut-être bien que vous vous retrouverez après tout ça et qu'il vous épousera.

La cruauté innocente de sa réponse me percute. Mes cordes vocales ne m'appartiennent plus et je m'entends prononcer les mots interdits.

— Il est allemand.

Mon annonce jette un terrible froid. Je lui aurais balancé un seau de glaçons au visage qu'il n'aurait pas réagi autrement. Yeux écarquillés, bouche pincée, mon interlocuteur accuse le choc.

La nuit est tombée depuis plusieurs heures. J'ai récuré la cuisine pour éviter de réfléchir, mais une vague culpabilité me taraude. Dans le salon, Georges s'est retranché derrière un journal.

— Je m'inquiète pour Martin, dis-je à voix haute.

Pas de réponse. Je sens monter en moi le besoin de me justifier.

— Le père de mon fils n'est pas nazi.

Caché derrière la page double, Georges maugrée quelque chose que je ne comprends pas.

— Tous les Allemands ne sont pas mauvais, ajouté-je plus fort.

Cette fois, le journal se rabaisse brusquement, révélant un visage furieux :

— Vous devriez aller dormir au lieu de proférer des âneries. Martin ne rentrera pas ce soir.

Sous mes paupières luisent deux têtes de mort aux orbites creuses. L'emblème des tankistes allemands. Mon cœur se serre, je surnage entre veille et sommeil.

Au beau milieu de la nuit, ou peut-être est-ce à l'aube, des éclats de voix me parviennent. Martin serait-il rentré ? Non…

Madeleine et son frère se disputent encore… Je sombre à nouveau dans des remous sans rêves.

Le lendemain midi, on sonne à la porte. Deux coups brefs. Par crainte des gendarmes, Georges s'enferme dans la chambre qu'il occupe avec Martin. De la deuxième chambre proviennent de doux ronronnements : Madeleine, rentrée au petit jour, dort profondément.

Nouveau coup de sonnette, plus insistant. On tambourine à la porte.

En chuchotant, je demande à Georges ce qu'il convient de faire.

— Ouvrez, mais prenez garde, me souffle-t-il.

Nullement rassurée, j'obéis néanmoins. Je déverrouille la porte et j'entrouvre le battant. Un homme au crâne dégarni et aux lunettes en demi-lune se trouve sur le palier.

— Excusez mon insistance. Je viens de la part de votre ami Martin.

Je m'efforce de rester de marbre.

— Je suis facteur. J'ai des choses à vous dire. Des choses qu'on ne dit pas sur un palier.

L'individu s'éponge le front avec un mouchoir crasseux, de la sueur suinte de ses sourcils. Je m'efface en lui faisant signe d'entrer.

Doutant de commettre une erreur, je le regarde refermer la porte derrière lui.

— Fait chaud à pédaler en plein midi ! Vous n'auriez pas quelque chose à boire, des fois ?

— Si. Du café. Enfin quelque chose qui y ressemble.

Mon interlocuteur laisse échapper un rire fatigué. Je réchauffe le café dans une casserole puis je verse le breuvage noirâtre dans un verre que l'homme fait glisser entre ses paumes calleuses. Il aspire quelques gorgées avant de s'expliquer :

— Martin a failli se faire prendre à un barrage hier. Il m'a parlé d'un autre gars, un certain Georges.

— Vous connaissiez les parents de Martin, c'est ça ?

— Ah non, pas ses parents. Ses grands-parents maternels. Ce sont eux qui l'ont élevé. Mais il n'est pas là votre ami, celui qui se nomme Georges ?

— Si, je suis là, dit Georges entrant brusquement dans le salon.

Après une hésitation, les deux hommes se serrent la main.

— On vous écoute.

Le facteur repose son verre sur la crédence et nous observe avec gravité.

— Ce que je vais vous dire doit rester confidentiel. Je vous fais confiance à cause de Martin, mais c'est du sérieux. Attention... Pas de bavardages !

— Compris, dis-je.

Georges hoche la tête :

— On veut seulement gagner le maquis.

— Je sais. Vous viendrez à la prochaine lune. La nuit sera suffisamment sombre pour qu'on puisse passer à côté des barrages sans trop de risques. Il y a un camp pas loin d'ici. Vous y serez les bienvenus.

— Les femmes aussi ?

La question de Georges me sidère. Qu'a-t-il en tête ?

Mal à l'aise, le facteur se gratte la tête. Visiblement il ne s'attendait pas non plus à cette interrogation.

— Euh... oui, les femmes... pourquoi pas ? Enfin, elles pourraient sans doute rester dans une des fermes. Avec tout ce qu'il y a faire, on a besoin de bras.

— Et avec un enfant ? demande Adèle.

— Ma foi… pas idéal, faut trouver à nourrir toutes les bouches… et puis il y a le chemin ! Soixante kilomètres à marcher !

— En une nuit ? m'exclamé-je.

— Hé hé, non ma petite dame ! On ne pourrait pas ! Le trajet se fera en plusieurs étapes, en passant par des fermes amies. Je n'en sais pas plus. Tenez-vous prêt, pour le 23, le soir de la nouvelle lune. On viendra vous faire signe, en bas, avec une lampe torche. Emmenez le minimum. De la nourriture, de bonnes chaussures, ça suffira.

Emmener mon fils dans une ferme aux mains de maquisards ? Pourquoi pas ? Aucun lieu n'est sûr désormais, toute la ville est bouclée, partagée en zones de sécurité et quadrillée de contrôles d'identité. La violence est notre quotidien, elle sourde chaque nuit dans les alertes aériennes, et chaque jour dans les résonances des tirs d'artillerie. La région palpite d'une angoisse diffuse, car tous ici nous sentons planer la promesse menaçante qui sourde, celle d'un dénouement féroce venu de la mer.

Le 23 mai arrive enfin. Georges s'impatiente. Toutes ses affaires ont disparu dans le grand raid mené contre Saint-Nazaire, alors pour tout bagage, il n'emmène que ce qu'il porte sur lui. Madeleine et moi nous activons pour rassembler nos effets personnels. Les restes de nourriture ont été finis la veille.

— Puisqu'on n'emporte pas le landau, on aurait dû le donner, dis-je.

— Ou plutôt le vendre, rectifie Madeleine. C'est trop bête de le laisser sur le palier comme ça. T'aurais dû y penser, Georges, t'as que ça à faire de tes journées ! Eh bien pour la peine, tu porteras le petit quand on sera fatiguées.

Georges surveille la rue. Je glisse un œil entre son épaule et le montant de la fenêtre. À l'endroit où le soleil bascule, au-dessus d'un rougeoiement infernal, des franges dorées éclaboussent le rose des cieux. Le spectacle aurait pu être grandiose, si ce n'étaient ces circonstances. Je refuse de m'attarder sur ce que ce monde offre de beau, je ne connais plus que sa laideur. Clémens gesticule sur ma hanche. L'appartement est plongé dans la pénombre nocturne et mon fils s'impatiente. J'arpente le salon de long en large. Madeleine s'agace en triturant les bagages. Imperturbable, Georges demeure quant à lui posté à la fenêtre.

— Dis donc frangin, tu crois qu'ils pourraient nous oublier… ? Ou qu'ils se sont fait attraper ?

La question de Madeleine résonne dans le vide. Je fixe les deux petits bagages à ses pieds. Nos chaussures ne seront pas confortables pour les longues marches qui nous attendent.

— Georges ? Je commence à m'inquiéter avec l'heure qui tourne. Tu crois qu'ils viendront pas ?

— C'est Adèle qui ne viendra pas.

Je relève la tête.

— Quoi ?

— Qu'est-ce que tu racontes ?

— Tais-toi Mado. Comme je te l'ai dit l'autre nuit, j'ai appris qui elle était vraiment. Une poule à boches.

— Georges, mais… bon sang, tu dis n'importe quoi ! Toi aussi t'as travaillé pour eux.

— Un travail forcé ouais, et puis honnête. Elle, elle leur a vendu son cul !

— Pas vendu, rectifié je outrée.

— T'entends ça Mado, son cul c'était pas vendu ! C'était gratis. Une belle salope oui !

— Mais… mais c'est notre amie ! Tu divagues, tu dis n'importe quoi…

— Non, c'est tout réfléchi. Adèle ne viendra pas avec nous. Je n'ai pas confiance. Je ne veux plus que tu la voies. Cette fille me dégoûte.

Ses derniers mots me font bondir.

— Cette « fille » ? Je suis là Georges, je t'entends bordel !
— Bordel ouais ! Bordel... ça te cause hein.

Son ricanement me transperce. Je me retourne vers mon amie.

— Madeleine ! Dis quelque chose ! C'était pas ce qu'il imagine... dis-lui !
— J'en sais rien moi !
— Pourquoi tu nous as menti ? éructe Georges. Hein, pourquoi nous faire croire que ce gosse c'était ton neveu ? Pourquoi t'assumes pas ? Traînée, menteuse !

Le mépris dont il m'accable m'atteint bien moins que la lâcheté de Madeleine qui m'abandonne sans une once de pitié.

— Peut-être que Georges a raison. Tu es bien, ici, avec le petit, tu risques rien.
— Assez causé, tranche Georges. Il faut y aller.

Une avalanche de considérations pratiques me tombe sur les épaules, je sens tout mon corps s'affaisser sous le poids de ce qui m'attend. Je bafouille, en vrac tous les mots que mon cerveau me jette dans la bouche.

— J'ai donné ma démission au dispensaire ! Et je n'ai pas de carte de rationnement ! Comment je vais nourrir Clémens ? Et pour payer le loyer ?

Georges me dédie un rictus haineux :

— Débrouille-toi ! Trouve-toi un boche de remplacement, ce n'est pas ce qui manque par ici !

La joue de Madeleine se colle à la mienne, son souffle bruisse à mon oreille.

Je ne peux pas te défendre.
Georges, c'est ma seule famille.

Bien après son départ, ses chuchotements résonnent encore sous mon crâne.

CHAPITRE 12

Heinz

La tiédeur traverse la baie vitrée et imprègne le plaid étendu sur mes jambes.

— Alors lieutenant, comment vous portez-vous aujourd'hui ?

La voix est forte, et j'en reconnais le timbre avant même d'esquisser un geste. Je me retourne, la douleur m'arrache une grimace. Le mouvement a été trop vif.

— Ne bougez pas ! m'ordonne le médecin major, je viens.

Je me renfonce dans ma chaise longue. La douleur décroît dans mon abdomen tandis que j'entends le pas qui s'allonge et vient vers moi. L'officier tire une chaise de rotin à lui. Une rigidité aristocratique signe le moindre de ses gestes. C'est peut-être pour cela que je l'apprécie, ou plutôt qu'il m'est familier, parce qu'il est modelé par ce que je connais le mieux, par ce qui me rattache à mon enfance, à ces codes et ces manières qui m'ont été inculquées du plus loin que je me souvienne.

— Comme vous n'étiez pas dans votre chambre, je me suis dit que vous étiez là.

— Je n'ai pas beaucoup d'alternatives.

— Je vous le concède. Mais au moins, la vue est superbe.

Effectivement devant nous s'étale une prairie en pente. L'herbe est piquetée de jeunes chênes ; plus bas le Danube cavale entre les roseaux et les amas de pierres blanches. En face de nous, tel un mur qui fermerait l'horizon, des gorges moussues se dressent jusqu'au ciel.

— Oui, ça donne à réfléchir.

— Et à quoi réfléchissez-vous donc, lieutenant ?

— À ce que l'on nomme hasard, à défaut de pouvoir l'expliquer autrement, alors même que tout évènement a nécessairement une cause et une conséquence.

Le médecin major m'envoie un sourire moqueur.

— Vous devriez plutôt vous féliciter de votre chance d'être ici parmi nous !

— Le hasard... la chance ! On en revient toujours au même point, major. Mais il y a une autre dimension qui nous dépasse, et à laquelle on ne comprend rien, une autre dimension qui a une logique bien à elle. Vous voyez, comme si nous n'étions que les rouages d'une immense machine.

— Vous voulez parler de Dieu ?

— Mais où donc êtes-vous allé chercher Dieu ? Dans une époque comme la nôtre, si vous voulez vous montrer spirituel, vous devriez plutôt songer au diable.

— Faites donc attention, Sieber, je vous le dis en toute amitié.

Ajustant sa blouse, le médecin major se relève. Sa main tapote le dossier de la chaise.

— Il faudra que je vous examine. Restez dans votre chambre demain matin à l'heure des visites.

— C'est-à-dire toute la matinée...

— L'infirmière en chef m'a affirmé que votre cicatrice était au mieux, il faudrait que je vérifie par moi-même. Vous êtes pâle. Ne présumez pas de vos forces. N'oubliez pas que vous êtes un miraculé.

— Comment voulez-vous que je l'oublie ?

Mes yeux sont rivés sur le pré. C'est une étendue en pente, semblable à celle qui a accompagné mon agonie dans le froid russe, et les souvenirs défilent.

Le cerveau est un organe capable de fabriquer de formidables illusions.

Car tandis que j'imaginais rouler dans un pré en fleurs, c'était dans la tranchée glacée que j'avais basculé. Des soldats de ma compagnie étaient venus me chercher dans le *no man's land*, m'avaient tiré sous le feu ennemi, traîné entre les mines, jeté sur une paillasse, puis porté dans un camion.

La suite de ce sauvetage, je la revis au présent.

Je me vois reprendre conscience dans ce camion, j'y suis encore, là maintenant.

La clinique s'efface et je sens les cahots de la route.

La moindre cellule de mon misérable corps est irradiée de douleur. Un bras orné d'une croix rouge se penche sur moi et me palpe. J'entends des hésitations, des doutes, un refus de me transfuser. Pourquoi gâcher une précieuse poche de sang pour un mourant ?

De toutes mes forces, je lutte pour garder les yeux ouverts, pour entendre le vent siffler à mes oreilles, pour endurer les secousses qui me brisent les reins. Oui, de toutes mes forces j'ai lutté pour convaincre cet inconnu que je méritais sa pitié. Enfin la piqûre du métal est venue pénétrer ma veine.

Le froid polaire m'a jeté dans des gouffres noirs. De temps à autre, des corps sont jetés par-dessus le hayon. Au terme d'un temps indéfinissable, le camion stoppe sa course. Ma civière de fortune est posée entre des dizaines, peut-être des centaines d'autres, à même le sol d'un hangar. Faute de produit anesthésiant, les médecins opèrent à vif sous nos yeux. Ils ont certainement fourragé mes entrailles, je n'en ai plus souvenir. Mille fois, la mort a fondu sur moi, et mille fois, je l'ai repoussée. Autour de moi, des cadavres, remplacés par d'autres cadavres. Jamais les mêmes visages, toujours les mêmes odeurs, les mêmes râles. Les jours succèdent aux jours, et entre eux s'intercalent des nuits de frissons et de sueurs. De temps à autre, un liquide tiède réchauffe ma gorge, une main tâte mon pouls. Je mâche du pain noir, des pommes de terre bouillies. Quand enfin je parviens à me tenir debout, les médecins militaires considèrent que je suis suffisamment fort pour entreprendre le long voyage vers l'Ouest.

Jusqu'à cette clinique de Bavière.

Je partage ma chambre avec deux autres rescapés de l'enfer : un officier de marine amputé des deux jambes, et avec un grenadier blessé tout comme moi, par des éclats à l'abdomen.

Nous occupons nos journées tant bien que mal, en disputant des parties de dés et ressassant nos souvenirs de guerre. La cohabitation est parfois pénible : l'officier de marine refuse toutes les visites et ses sanglots nocturnes me mettent les nerfs en pelote. Le grenadier se plaint beaucoup et surjoue sa souffrance, parce qu'il a une peur bleue d'être renvoyé sur le front.

Quant à moi, je supporte difficilement d'être retenu entre ces murs. L'oisiveté me fait du mal, elle me laisse le temps de réfléchir et de mesurer ce que j'ai perdu. Adèle m'obsède. Qu'est-elle devenue ? Où est-elle ? Lors de mon dernier appel à Paris, Otto m'a fait savoir qu'elle avait quitté le petit logement que je lui avais trouvé, et ce, sans laisser d'adresse. Cette nouvelle m'a terrassé. Il m'a promis qu'il allait se renseigner. Lancer Otto sur ses traces n'est peut-être pas la meilleure chose à faire, mais cet homme est notre seul lien. Et cet après-midi, il est convenu que je le rappelle.

Je rassemble ma monnaie pour me rendre aux cabines téléphoniques. Mais alors que je suis près de sortir, on frappe au battant.

Aussitôt le grenadier se glisse entre ses draps ; quant à l'officier de marine, il ronfle, assommé par les tranquillisants. La porte s'entrouvre.

Uniforme noir impeccable, une boite de chocolats à la main, un sous-officier de blindés entre dans la chambre. Stupéfait, je le dévisage. Werner Kraft. Le plus froussard de tous les gars que j'ai croisé… il a survécu à notre traversée des lignes.

— Et Gunther ? demandé-je à voix haute.

— Il s'en est tiré aussi lieutenant, me répond mon subordonné en se figeant dans un bref garde à vous.

Je m'avance… Werner hésite puis faisant fi de la discipline, me serre vigoureusement la main.

— Heureux que vous soyez de ce monde, lieutenant.

Je ricane.

— La réciproque est valable, Kraft.

Je m'adosse au montant du lit. Les relents de douleur me crispent le ventre malgré les anti-inflammatoires dont on m'abreuve. Rassuré, le grenadier repousse ses draps, salue Kraft, et finalement débouche une de ses bouteilles de schnaps dissimulées entre les piles de linge. Nous emplissons joyeusement les gobelets. J'en oublierais presque les piques qui reviennent lacérer mes entrailles. Les chocolats fondent sur ma langue. Werner sourit jusqu'aux oreilles, il a l'air encore plus inoffensif que dans mon souvenir.

Nous entamons une discussion sans queue ni tête, et les heures sombres succèdent aux absurdités qui se ponctuent de plaisanteries douteuses. La venue de l'aide-soignante qui apporte les plateaux de bouillons pour le dîner nous fait brutalement réaliser que l'après-midi est écoulée. Kraft époussette son col :

— Je ne dois pas tarder à repartir, lieutenant. J'ai un train à attraper dans deux heures. Je suis bien content de vous avoir trouvé en forme. Mais… je suis venu aussi pour vous faire part d'une information. En privé.

— … ?

— C'est délicat à expliquer, ajoute-t-il, embarrassé.

— Vous auriez le temps d'attendre quelques minutes ? J'ai un appel à passer et je remonte.

Werner n'ose pas protester. Je file vers l'escalier, faisant fi des crampes qui me serrent le ventre et rejoins les postes téléphoniques situés dans le hall. Après plusieurs transferts, la standardiste m'annonce la mise en communication avec le bureau d'Otto Meyer. Je me présente dès que j'entends le déclic ; la voix de mon beau-frère est irritée.

— Heinz ! Comment vas-tu ? me questionne-t-il avec aigreur.

— Mieux.

— Ne me dis pas que tu es encore en train de végéter ?

— Je me rétablis.

— Rétablis-toi vite. Le *Reich* a besoin de ses forces vives.

— Il n'y en a plus pour longtemps. Tout va bien pour toi ?

— Bien sûr que tout va bien ! Mais ce n'est pas ce qui te préoccupe. Tu appelles pour Adèle... n'est-ce pas ?

— Oui.

— Est-ce si important ? me tance mon beau-frère.

— Dis-moi ce qu'il en est. L'as-tu retrouvée ?

— Cette femme t'a tourné la tête. Tu ne l'as pas épousée que je sache !

— As-tu de ses nouvelles, oui ou non ?

— Non. Tu ferais mieux de prendre le temps d'appeler ta sœur et ta mère ! Christa est en sécurité mais elle m'assure qu'elles refusent toujours de quitter Berlin malgré les bombardements.

— Mère et sa fierté ! Tu la connais, tant que le conservatoire et la maison seront debout, elle restera sur place.

— Elle met Elizabeth en danger. Tu dois protéger ta sœur.

— Je sais. Je vais la rappeler, assuré-je.

— Oui et insiste davantage ! Elles doivent rejoindre Christa et les enfants rapidement.

— J'ai compris. Je ferai le maximum pour les convaincre. Mais en ce qui concerne Adèle… je ne comprends pas. As-tu interrogé sa logeuse ?

Soupir las au bout du fil.

— Elle a disparu. Point.

— Personne ne disparaît !

— Elle est partie Heinz. Oublie-la.

— Je t'avais demandé de la faire chercher.

Silence.

— Je veux comprendre, et puis, comment veux-tu que je l'oublie, elle… elle a mon enfant !

— Rien ne t'affirme qu'il était de toi.

— Fais attention à ce que tu dis, Otto. Je n'accepte pas ce genre d'insinuation.

— Tu ne les acceptes pas, mais ce n'en est pas moins vrai ! Elle s'est servie de toi probablement. Elle vivait à tes crochets, sans situation.

— Je ne lui ai pas laissé le choix. Et elle n'a tiré aucun avantage matériel à me suivre.

— Admettons.

— Es-tu sûr d'avoir épluché les annonces nécrologiques ?

— Son nom n'y figure pas, je te l'ai déjà dit. Oublie cette Française et son bâtard une bonne fois pour toutes. Concentre-toi sur les priorités. La guerre ne va pas se gagner toute seule.

— Ne traite plus jamais mon enfant de bâtard !

— Alors, ne viens plus me faire perdre mon temps avec tes coucheries ! J'ai autre chose à faire. Des choses bien plus grandes et bien plus utiles pour la Patrie.

Je raccroche dans un geste rageur.

Mon impuissance me fait bouillir de rage. Je fouille ma poche, je glisse de la monnaie dans la fente de l'appareil, et j'exige une mise en relation avec la France, Saint-Liboire. Je donne l'indicatif du manoir.

Adèle est-elle retournée chez sa mère ? Personne ne répond. Les pièces restantes retombent de l'appareil. La frustration me cogne entre les côtes. Où et comment la retrouver ?

Je m'efforce de garder la tête froide. Je vais appeler à Berlin. J'annonce mécaniquement le numéro de la maison familiale à l'opératrice. Un déclic précède une sonnerie grésillante, j'attends mais un nouveau déclic se produit.

— Monsieur, je suis désolée, l'appel a échoué. La ligne doit être surchargée. Il faudra réessayer plus tard, m'annonce la voix féminine avant de raccrocher.

Le combiné est lourd dans ma main. Adossé à la paroi, je regarde bêtement ce vecteur qui me trahit. Tous mes liens en ce monde tiennent dans ce petit appareil que j'ai envie de briser. Je serre les poings, ballotté sur un océan de solitude.

— Lieutenant !

Werner Kraft galope vers moi. Je l'avais oublié. Nous nous rejoignons sous les verrières inondées des derniers feux du soleil.

— Je dois partir, lieutenant.

— Je comprends. Je te remercie de ta visite. Heureux que tu ne sois pas mort. Et donc, de quoi voulais-tu m'entretenir en privé ?

— D'un ami de mon frère qui était revenu de Stalingrad. On en avait parlé... vous souvenez-vous ? Cet ami, il s'appelle Gregor Marsh et il faisait partie de la 16e division. Quand sa division a été anéantie, il a été envoyé dans la 26e. Je l'ai vu quand je partais pour ma permission. Nous avons bavardé. À ce qu'il disait, votre frère serait sorti vivant du chaudron. Avec les derniers blessés. On était sur un quai de gare, alors il n'a pas eu le temps de m'en dire plus.

— Je vois... mais les faux espoirs, très peu pour moi. Comment être certain de ses dires ?

— C'est un homme de bonne foi lieutenant.

— Je ne dis pas le contraire. Mais à notre époque, les gens divaguent facilement. Ils mélangent et confondent... La guerre tu sais bien dans quel état ça nous met.

— Mais il est affirmatif. Il s'agissait de l'appelé Markus Sieber, venu de Berlin.

— Ce pourrait être un homonyme.

— Dans la même division ?

Je voudrais être prudent mais les questions se bousculent sur mes lèvres.

— Vivant... blessé dis-tu ? Et les blessures étaient graves ? À quoi ressemblait-il ? Quel jour était-ce ?

— Là-bas c'était le grand foutoir. Les lignes bougeaient tous les jours, les hôpitaux étaient complets dans le jus, impossible de retracer quoi que ce soit du côté officiel.

— Je sais. Mais ton ami, il ne t'a rien dit de plus ? Un nom, une division...

— On n'a pas eu le temps. C'est qu'on avait commencé à parler de mon frère avant d'en arriver au vôtre, et nos trains respectifs allaient se remettre en route. Vous savez comment sont les gendarmes... y a plutôt intérêt à grimper dans le convoi.

— Et où est ton ami maintenant ?

— Parti avec sa division en Italie.

— Tu pourrais lui écrire ?

— Je ne connais pas son secteur postal.

— Son nom ?

— Gregor Marsh.

— Gregor Marsh. De la 26e division blindée. C'est bien ça ?

— Oui, mon lieutenant.

— Merci Kraft. Sincèrement. Je te remercie beaucoup pour ta visite et tes informations.

— Faut pas perdre espoir pour votre frère, et pour le reste... Bonne chance à vous lieutenant.

— Oh, tu sais, moi, la chance...

Il me gratifie d'un garde-à-vous formel. Je suis des yeux sa silhouette qui s'éloigne. Markus, Adèle, Mère, Christa, Elizabeth... Qui reverrai-je dans cette liste d'outre-tombe ?

Une odeur d'éther et de javel flotte dans la chambre. Le grenadier, affalé sur son lit, me propose de finir la bouteille à demi entamée. À tour de rôle, nous buvons au goulot. L'alcool ne fait pas bon ménage avec les médicaments. Mes idées s'embrouillent. J'ai envie de fuir, n'importe où, ailleurs, loin. Mais les gendarmes veillent sur nous, et leurs pas bottés qui arpentent le couloir résonnent entre mes tempes. Ils font d'incessantes rondes pour décourager les fuyards. Qu'importe le confort et le décor bucolique, cette forteresse peuplée de médecins n'a qu'un but : remettre à neuf la chair à canon pour mieux la renvoyer au massacre.

CHAPITRE 13

Heinz

Il est très tôt quand une infirmière déboule dans la chambre.
— Le SS *Hauptsurmführer* Meyer est en ligne. Il vous appelle depuis Paris. Si vous pouvez descendre prendre son appel…

Je bondis hors du lit. Des flèches me transpercent le flanc. Un juron m'échappe. Ni une ni deux, j'enfile un pantalon, une veste sur ma chemise chiffonnée et j'emboite le pas à l'infirmière. Celle-ci me guide jusqu'à une pièce où trois secrétaires sont installées derrière des machines à écrire. Leurs regards me suivent, mi-respectueux, mi-intrigués.

L'infirmière me désigne un bureau surmonté d'un imposant portrait d'Adolf Hitler en uniforme. Des rais de lumière jouent sur la moustache noire de notre *Führer*. Le combiné est décroché, je l'empoigne.

— Oui, Otto, c'est moi, alors que sais-tu ?
— J'avais raison.

Il exulte. Je réplique avec impatience :
— Quoi ? Dis-moi ce qu'il y a !
— Tu te souviens de Madeleine, la Française qui couchait avec Bauer ?
— Oui et quoi ? Qu'est-ce que tu veux que ça me fasse ? Parle !

Les secrétaires tendent l'oreille. Je les foudroie d'un regard avant de planter mes pupilles dans celles du *Führer*.

— Nos services ont démantelé un important maquis en Loire inférieure. Madeleine en faisait partie, elle avait encore ses papiers sur elle. Pas très maligne, n'est-ce pas ? C'est Rudolph qui me l'a dit, mon vieil ami de la police secrète, tu sais celui qui est chargé des enquêtes sur nos employés français. J'ai aussitôt pensé à toi. Parce qu'il y avait d'autres femmes et quelques enfants avec les maquisards.

Cette annonce me donne un coup de poing dans l'estomac. Ma mâchoire s'engourdit.

— Adèle était là-bas ?

— C'est probable, puisqu'elle a disparu plus ou moins quand Madeleine a démissionné de nos services.

— Probable n'est pas certain. Rien n'affirme qu'elles étaient ensemble. Et puis quand bien même... elle a pu être arrêtée... Tu as donné son signalement ?

— Il n'y a pas eu d'arrestations.

Je me tais. Je sais ce que cela signifie. Impitoyable, mon beau-frère enfonce le couteau dans ma plaie.

— Ceux qui ne sont pas morts pendant l'assaut ont été fusillés le jour même. Sans exception.

Je déglutis avec peine, incapable de poser *la* question.

— Tu peux me croire, elle est morte.

Un silence accompagne la sentence. Je sens la perversité jouissive qui veloute son intonation.

— Son... corps a été retrouvé ?

— Non. Il n'y a rien à identifier. La ferme a été incendiée.

— C'est impossible, impossible... non... j'en suis sûr, certain, elle n'était pas là-bas.

Otto ricane sèchement au bout du fil.

Un voile de noirceur s'abat sur moi. Adèle... ma douce Adèle... morte ? Je refuse de l'envisager. Elle est là tout contre moi qui murmure, elle est là, enfermée dans ma poitrine.

Je coupe la communication. L'escalier qui remonte à ma chambre me donne le vertige.

Ma journée se passe dans un état second, mes pensées font des allers-retours entre refus et colère.

Quel jour sommes-nous ? Je ne sais plus. Je bouillonne. Ces murs m'étouffent. La valse dans ma tête ne s'interrompt pas, et je sais que si je veux garder ma raison je dois absolument quitter cet endroit au plus vite. Je dois trouver une raison de continuer à vivre. Les propos de Werner Kraft me trottent dans la tête…

C'est un jour comme les autres. Un jour de plus. Un jour de trop.

Je dévale l'escalier, et je me précipite vers le bureau du médecin major. J'entre en trombe.

— Je veux partir. Dès aujourd'hui.
— Ce ne serait pas prudent.
— Je me fiche de ce qui est prudent.
— Vous plaisantez ? C'est hors de question. Vous en avez encore pour deux semaines, au bas mot. De toute façon, ce sera à moi de décider de votre départ, pas à vous.

Un rugissement me pousse en avant. Ma main agrippe le col de la blouse blanche.

— Je DOIS partir !
— Sieber !

Nous heurtons une tablette qui bascule, des fioles se brisent sur le carrelage. Je relâche ma proie aussi soudainement que je l'avais attrapée.

— Grand Dieu, Sieber ! Vous êtes tombé sur la tête ?

Le major s'accroupit pour ramasser les morceaux de verre éparpillés sur le sol. Il n'y est pour rien mais ma colère ne retombe pas. Je flambe.

— Faites-moi partir d'ici ou je ne réponds plus de rien !

Le médecin major jette les éclats de verre dans une poubelle métallique posée au coin de son bureau. Il rajuste sa blouse.

— Voulez-vous m'expliquer ce qui se passe, Sieber ?
— Je veux me battre.
— Vous battre ou… mourir ?
— Donnez-moi mon certificat !

Le médecin major m'examine d'un air dubitatif mais la folie qui m'anime le dissuade de me refuser quoi que ce soit. Il ouvre un tiroir de son bureau, en tire un document qu'il complète, signe et tamponne de mauvaise grâce.

— Voici votre certificat. Je fais part de votre aptitude au commandant dès cet après-midi, et votre ordre de mission vous parviendra sous peu. Si vous changez d'avis avant cet après-midi, faites-le-moi savoir.
— Rien ne me fera changer d'avis.

CHAPITRE 14

Heinz

En ce mois de juin 1944, le soleil d'Italie est généreux. Il déverse sa lumière sur le faîte des collines rocheuses qui se chevauchent à perte de vue, il s'aventure dans les pentes arides et ne délaisse que le creux des gouffres qui demeurent éternellement habillés de pénombre. Je viens d'achever mon inspection des postes avancés. Ce côté de la ligne est sûr. Les partisans ne s'y risquent pas. Deux mois que j'ai rejoint cette compagnie de grenadiers, et, mis à part des pilonnages d'artillerie assez imprécis, rien ne bouge. Ma blessure au ventre a eu tout le temps de cicatriser, mais je me sens malade, profondément et irrémédiablement malade, et tandis que j'avance dans l'ombre feuillue du sentier une certitude m'accable. Je ne pourrai pas guérir.

Les cailloux blancs roulent sous mes bottes, dévalent le talus et s'en viennent rider la surface de la rivière. Le glissement d'une couleuvre attire mon regard. Elle se faufile dans un bouquet de roseaux d'où émerge une forme bleue et gonflée. Dans un chuchotement minéral, le courant ballotte un cadavre. Un de plus. Il faut croire que mon empathie est morte. La vue de ce corps pourrissant ne déclenche aucune émotion en moi. Rien ne peut m'arracher à cet état second dans lequel je m'englue.

Je redescends vers le bivouac. Encore une fois, je dévie du chemin tracé, je coupe à travers les hautes herbes. J'avance à l'aveugle dans le champ miné. C'est un jeu qui me distrait... J'attends la mort à chaque pas... elle ne vient pas. Je rejoins ma tente en un seul morceau. Parfois, quand le souvenir d'Adèle se fait moins violent, je songe à Markus, et à ce Gregor Marsh. La 26ᵉ division blindée est là, toute proche, derrière une échine rocheuse réputée infranchissable. Les courriers qui s'y sont risqués ont tous été abattus. Depuis les liaisons se font en contournant cet espace mortel par un détour de plusieurs dizaines de kilomètres, mais l'essence manque. Les échanges sont limités.

Les montagnes italiennes abritent de magnifiques rapaces. J'admire les aigles qui tournoient au-dessus des sapins agrippés sur les pentes rocailleuses.

Depuis les combles d'une ferme transformée en poste d'observation, je scrute les lignes à la jumelle. Je prends garde de ne pas attirer de reflets du soleil. Si j'avais été seul, peu importe. Mais des soldats sont sous ma responsabilité. Alors j'essaye de faire de mon mieux pour les garder en vie. Les patrouilles sillonnent les sentiers, les artilleurs déroulent leurs fils et les sentinelles veillent.

Un téléphoniste se plante devant moi au garde-à-vous.

— Téléphone mon lieutenant.

Je descends l'échelle à sa suite. Le rez-de-chaussée est jonché de bouteilles vides et de conserves rouillées. Dans ce qui fut le mur de la cuisine, à l'arrière, un grand trou a été creusé dans la pierre pour rejoindre directement la tranchée.

Le téléphoniste trotte dans les boyaux de terre, je suis sur ses talons. Le téléphone de campagne est installé dans un repli de terrain dissimulé par des bosquets. Je rampe et saisis le combiné, le visage couvert de poussière ocre. Au bout du fil, l'état-major :

— Les nouvelles ne sont pas bonnes, lieutenant. Nous venons de perdre Rome. Les Américains entrent en ce moment même dans la ville. Préparez-vous à une éventuelle offensive ennemie.

— Quels sont les ordres mon colonel ?

— Tenez la position.

Je rejoins à la hâte le campement. Je fais appeler les sous-officiers et les parachutistes qui sont sous mes ordres. Mon discours est clair : doubler les sentinelles, rester en alerte, veiller à ce que les positions restent camouflées pour se préserver des avions d'observation qui risquent de sillonner le ciel dégagé. Et tenir bon.

— Qu'un seul d'entre vous recule et je le traduis immédiatement en conseil de guerre, soupiré-je.

Simple menace pour la forme, habitude d'officier.

Les soldats se dispersent. J'hésite à me pulvériser le crâne. Retirer le cran de sûreté de mon pistolet, rien de plus facile. Le pointer sur ma tempe et appuyer... À quoi bon faire perdurer le supplice ? Je suis déjà mort de toute façon. Mais quelque chose me retient dans cet enfer. Peut-être de la loyauté envers les miens. Cette guerre est un suicide collectif, je n'aurais pas la lâcheté de m'y soustraire.

Le soir tombe sur les Apennins. Les montagnes forment un ensemble sombre contre le ciel étoilé. Comme elle est douce cette nuit de juin ! Si cruellement douce ! Assis contre un rocher, je fume cigarette sur cigarette. J'attends le déchaînement qui nous est promis. Un écho mécanique me fait tiquer. J'écrase mon mégot sous ma botte.

Le vacarme s'intensifie. Je cavale jusqu'au campement pour envoyer une section en reconnaissance, puis je rejoins l'état-major qui s'est réfugié dans les ruines du village voisin. Le poste de commandement est en ébullition. Les lignes vont bouger. Des chars Sherman sont stationnés dans un repli de terrain.

La tension est à son maximum. Cependant, rien ne se produit.

Il faut attendre le lendemain pour que l'artillerie se déchaîne et dirige ses tirs contre les versants nord. Les obus fusent. D'imposants panaches de fumée remuent la terre tandis que dans le ciel, les avions d'observation survolent nos lignes sans relâche.

Les officiers supérieurs s'agitent au-dessus de cartes étalées sur ce qui reste d'une table, ignorant le téléphone qui ne cesse de sonner. Finalement ulcéré par la sonnerie stridente de l'appareil, le général Neumann décroche avec humeur. Il opine du chef et son visage se décompose. Quand il raccroche, il se tourne vers nous, sa voix est grave :

— Messieurs, l'invasion a commencé sur les côtes françaises !

Un silence de mort pèse sur notre assemblée. Considérant la carte qu'il a sous son nez, Neumann relève le nez pour s'adresser à moi ainsi qu'au sous-officier parachutiste qui se tient à ma droite :

— Vous deux, vous êtes responsable de ce secteur, entre la côte 804 et 806. Les pionniers vont devoir miner les lignes et le pont. Après vous pourrez décrocher par petits groupes. Compris ?

— Oui général !

— Reconnaissance de terrain avant de rejoindre vos hommes.

— Oui général !

Un klaxon retentit. Un véhicule tout terrain s'avance entre les gravats. Le chauffeur ne coupe pas le contact. Il attend ces messieurs importants. L'agitation est à son comble, le général Neumann court rejoindre le chauffeur à l'extérieur tandis que le reste de l'état-major s'empresse de replier cartes et bagages. Boussoles en main, ils s'entassent dans le véhicule qui file dans un nuage de poussière.

Accompagné des hommes qui me font escorte et du sous-officier parachutiste, je me fraye un chemin à travers les monceaux de gravats. Des essaims de mouches s'agglutinent autour de flaques de sang séché. Leur bourdonnement infect me rend fou, presque autant que le soleil qui frappe impitoyablement les vestiges de ma brûlure.

— Regardez ça mon lieutenant, dit un des hommes en désignant les côtes saillantes d'un chien qui erre entre les décombres. On devrait l'abattre, pauvre bête.

Je m'arrête devant l'animal.

Autrefois, en Russie, j'abattais systématiquement d'une balle dans le cœur les chevaux ou les mulets qui, à cause de la faim, du froid, des marches interminables ou de leurs blessures, agonisaient sans espoir. C'est si loin la Russie, cela fait si longtemps. Le chien a la langue pendante, mais nous-mêmes manquons d'eau. Je lui octroie un ultime regard avant de poursuivre mon avancée.

Les façades vides des habitations tiennent debout par miracle ; les pans de mur se dressent sur des montagnes de débris ceinturées par un reste des murailles médiévales, qui sont en partie écroulées.

— Hey, vous avez vu les gars… c'est qu'il nous suit le petit salopiau !

Un jappement répond à l'exclamation du soldat.

— On va l'appeler Salopiau, tiens !

Les hommes s'esclaffent.

— Adopté !

— Il s'est reconnu !

— Attention, les gars, rire c'est comme parler, ça donne soif. Et une gourde, c'est vite bu.

Ma remarque les fait glousser plus fort.

Le campanile accolé à l'église est un des rares bâtiments épargnés. La nef est déserte, jonchée de vitraux brisés. La lumière du dehors glisse sur les bancs.

— Il y a longtemps que je n'ai pas mis les pieds dans une église !

— Peut-être pas plus mal lieutenant.

Le chien halète à mes pieds. J'aurais dû l'abattre. Mais son regard suppliant déclenche un improbable sentiment de pitié en moi.

De la pointe de mon fusil, je fouille les placards jusqu'à trouver une coupe en métal blanc. Je débouche ma gourde.

— C'est con de faire ça, lieutenant si je peux me permettre. Vous disiez encore tout à l'heure que l'eau…

— Bah… il a plus de probabilité que moi de s'en tirer, hein petit Salopiau.

Je me recule pour laisser approcher le chien qui vient prudemment lamper l'eau tiède. Mais à peine a-t-il le temps de s'hydrater qu'une déflagration le fait fuir brusquement entre les bancs.

— Assez traîné. En route !

Nous ressortons de l'édifice et progressons cette fois l'arme pointée devant nous, l'œil aux aguets. Oreilles dressées, Salopiau traîne derrière nous.

— On pourrait en faire notre mascotte et lui apprendre des tours !

Je les laisse divaguer. Ils débattent âprement sur les facultés du chien qui trotte entre nous, langue pendante, allant de l'un à l'autre. Chacun lui flatte la tête à tour de rôle.

— Restez vigilants ! grondé-je.

Le chien sautille contre mes bottes.

— On dirait que votre eau lui a redonné une de ses énergies… C'est pas du schnaps que vous auriez dans votre gourde des fois lieutenant ?

— Il va falloir abandonner vos projets de gloire, messieurs. Ce chien va rester ici.

— Mais lieutenant ! Pour une fois qu'on peut s'amuser...

— Vous savez que ce n'est bon ni pour lui ni pour nous.

Je me penche et ramasse une poignée de cailloux.

— Il va crever s'il reste dans nos pattes, question de temps. Allez oust ! Déguerpis !

Mes pierres atteignent Salopiau à l'oreille, il couine et fait un bond, surpris de mon hostilité, avant de s'asseoir sur son postérieur. J'envoie une nouvelle poignée de cailloux, avec plus de force et de précisions, plus de rage aussi. Cette fois l'animal s'en va.

— Ne vous attachez à rien, pas même à une bête. C'est compris ?

Les soldats baissent la tête et nous poursuivons notre marche.

Après avoir fait évacuer les postes avancés et rassembler les troupes, je rejoins la compagnie de pionniers pour leur transmettre l'ordre de préparer les charges. Pour commencer, fossés, habitations, abords de la rivière et gué seront minés ; ensuite nous ferons de même avec le pont.

Nous avançons en lignes dispersées à travers les prés. L'imagination des pionniers est sans limites ; ils placent leurs dispositifs partout où l'on peut être tenté de poser une main, une fesse, un pied ; rochers, assises, sentiers, arbres fruitiers. Malheur à celui qui souhaiterait attraper un fruit juteux ou s'asseoir à l'ombre.

Dans les fermes abandonnées, matelas, combles, chaises, poignées de porte passent entre leurs mains expertes. Je me raccroche à l'idée que les civils ont fui depuis des semaines. Je me focalise sur les questions techniques. J'apprends à manipuler les explosifs...

Pendant que nous piégeons les alentours, les fantassins évacuent le terrain.

Assis sur un chargement de dynamite, une cigarette au coin des lèvres, je regarde les troupes traverser le pont qui surplombe la rivière. Tout m'indiffère me concernant.

Lorsque la dernière semelle de l'ultime fantassin a quitté le pont, nous entrons en action. Il nous reste à piéger l'édifice avant de décrocher à notre tour.

Les fils sont enroulés au niveau de la première arche. Tout se passe normalement lorsque... deux avions pointent à l'horizon. Ils sont encore loin, mais les cercles qu'ils décrivent n'augurent rien de bon pour ceux qui sont en dessous... Un déluge de feu se déverse soudain à hauteur des postes avancés.

Je m'empare des jumelles. Les chasseurs se dirigent droit vers nous.

— Plus vite les gars ! Enroulez-moi ces fils...

Le grondement mécanique laboure l'air. Rasant les cimes des cyprès plantés sur la butte voisine, les avions virent pour prendre le pont en enfilade.

— On n'aura pas le temps... à plat ventre !

Avant de m'affaler au sol, je peux entrevoir un visage masqué par un masque à oxygène. J'enserre ma tête entre mes bras, les balles ricochent autour de moi. Le bruit de moteur s'estompe... les déflagrations ont cessé... J'ose un regard : les avions remontent vers les hauteurs. Un pionnier est allongé devant moi. Je rampe jusqu'à lui.

— Ça va mon gars ?

Aucune réaction. Je le retourne : il est coupé en deux à la hauteur du ventre. Des remugles d'excréments m'envahissent les narines ; je tourne la tête, attiré par des cris ; un soldat me dépasse en hurlant. Sa figure est ensanglantée, et pour cause, son œil pend sur sa joue droite.

— Aveugle, je suis aveugle, éructe ce dernier en zigzaguant au beau milieu du pont.

Mais les chasseurs n'en ont pas fini avec nous et ils piquent à nouveau dans notre direction.

— Couche-toi ! Oh !

La douleur rend fou, je suis bien placé pour le savoir. Les mitrailleuses crépitent à nouveau ; la poussière s'envole en nuages fins. Je perds de vue le blessé, je l'entrevois qui tournoie dans un nuage ocre, les avions tentent un dernier passage… s'éloignent enfin.

L'air est saturé de poudre, de sang et de kérosène.

La poussière griffe mes pupilles, les relents d'essence brûlent ma trachée, des quintes de toux me lacèrent le ventre. Je me palpe, je suis en un seul morceau même si ma toux n'en finit pas et que la cicatrice de mon ventre paraît sur le point de se déchirer.

Les avions se sont éloignés. Le répit sera bref, nous le savons tous. Je rejoins les survivants accroupis contre le parapet.

— On termine en vitesse !

Les carlingues luisent dans le lointain. Les yeux irrités, nous peinons à terminer notre œuvre ; mais avons-nous le choix ? Nous agissons en automates, le plus vite possible.

— Tout est prêt lieutenant, crie un des pionniers.

— On évacue ! Dispersez-vous, rassemblement à couvert !

Derrière moi, le souffle brûlant des oiseaux de métal me pousse vers la lisière du bois. Une gigantesque explosion secoue les montagnes. Deux arches restantes sont encore plantées dans le sol, chacune sur une rive opposée, tandis qu'un trou béant se dessine entre elles.

Mission accomplie.

J'enlève mon calot et après l'avoir coincé sous mes barrettes d'épaule, je m'essuie le visage avec ma manche. Mes mains sont souillées de toutes sortes de matières, elles glissent sur mon stylo tandis que je note les noms et grades des morts sur un carnet destiné à mes supérieurs.

J'octroie un quart d'heure de repos à la troupe, puis nous reprenons notre longue marche en direction du nord.

Des heures durant, nous ne croisons âme qui vive. De temps à autre nous nous abreuvons à un ruisseau, priant pour qu'il ne soit pas empoisonné, sinon nous avançons, abrutis de fatigue.

En fin de journée, parvenus en haut d'une butte rocailleuse, nous découvrons en dessous de nous un fourmillement motorisé composé de blindés et véhicules d'artillerie qui évoluent sous le camouflage relatif de quelques arbres épars. Dans la lunette je reconnais des modèles allemands. Parfait.

Nous descendons le versant. Il était temps, je n'en peux plus, j'ai besoin de repos. Mon fusil bringuebale sur mes flancs et chaque pas relance la douleur qui me cisaille le ventre.

Un klaxon hurle.

Je perds l'équilibre, tiré par une force qui m'envoie rouler au sol. Assommé par la violence de ma chute, je mets quelques instants avant de comprendre qu'un poids appuie sur mon estomac et qu'une jambe écrase la mienne. Vigoureusement, je repousse l'inconnu, qui se redresse d'un bond.

— Eh bien, on peut dire que vous avez eu chaud ! s'écrie ce dernier, se faire renverser par une ambulance, ce serait un comble de malchance !

— Une ambulance ?

L'officier à la peau laiteuse remonte sur le talus, je me rajuste et je le rejoins à grands pas, cherchant mes hommes dans la procession en marche.

— Lieutenant Peter Kulman, de la 26e.

— De la 26e division blindée ?

— Je ne croyais pas que mon uniforme était si poussiéreux ! Bien sûr des blindés ! Comme vous à ce que je vois !

— Oui. Enfin, plus tout à fait.

— Comment ça, « plus tout à fait » ? Vous portez bien l'uniforme des blindés !

— C'est une longue histoire. J'ai été affecté à une compagnie de grenadiers, mais pour l'heure, je dirige un commando de pionniers.

— Ah ah… ! Blindés, grenadiers, pionniers… quel parcours !

— Mais la guerre nous rend adaptables à tout, non ?

— Et plus encore, confirme-t-il.

Je lui renvoie un signe de tête amical.

— Je cherche un gars de votre division. Un certain Gregor Marsh. Il fait partie de la 26e. Peut-être que… vous le connaissez ?

— Hmmm… non, non… je ne connais personne de ce nom. Mais la 26e comprend des milliers d'hommes ! C'est un officier ?

— Je ne sais pas.

— Je ne comprends pas, c'est un de vos amis ?

— Non. Mais je dois absolument le retrouver. Je veux le retrouver. C'est une affaire… de la plus haute importance.

— Une affaire personnelle ? s'enquiert Kulman.

— On peut dire ça, oui.

Une automitrailleuse nous dépasse et nous noie dans un nuage de poussière. Je réprime une quinte de toux.

— Quel genre d'affaire personnelle ? Une histoire de femme ?

— Rien à voir. Cet homme serait le dernier à avoir vu mon frère en vie. À Stalingrad.

Kulman hoche la tête.

— Je comprends. Écoutez, si j'entends parler d'un homme du nom de…

— De Gregor Marsh.

— C'est ça, de Gregor Marsh, eh bien, je vous en informerai aussitôt. Il me faudrait aussi votre nom, lieutenant.

— Bien sûr, je vous note tout ça.

J'arrache une page de mon carnet pour y griffonner mes coordonnées ainsi que mon secteur postal. En grosses lettres, j'inscris le nom de Gregor Marsh et je tends le papier à Kulman qui le plie en quatre et l'empoche.

— Sait-on jamais… et vous lieutenant…. lieutenant Sieber, où allez-vous ?

— Retrouver l'état-major pour faire mon rapport.

— Ils sont pas difficiles à trouver. Tout droit à l'avant du convoi, me fait Kulman en me tendant une main que je serre volontiers.

— Haha… oui, à l'arrière des lignes quoi.

Nous échangeons un regard de connivence, puis nous nous quittons là, sur ce bord de piste, sans doute pour toujours.

Je retrouve les pionniers qui sont sous mon commandement : ils marchent nonchalamment à l'ombre d'un Panzer.

CHAPITRE 15

Heinz

Les mois passent. Les nouvelles lignes sont installées plus au nord. Les premières pluies d'automne ont commencé à tomber. Le front s'est embourbé dans l'attente. Cette inertie me rend fou, j'ai besoin d'action pour ne pas sombrer. Je me rappelle les terres russes, je compare les obstacles naturels, les intempéries, les privations. Ici, il n'y a que des distances raisonnables ; routes, ponts et liaisons ferroviaires rapprochent les villes. Les plaines sont domestiquées, les marécages isolés, les cours d'eau endigués.

À l'Est, comme à l'Ouest, le front avance, resserre son étau autour des frontières du *Reich*. *La victoire ou l'anéantissement,* voilà ce que disait Goebbels lors de la bataille de Stalingrad. Eh bien, l'anéantissement est proche.

Mes pensées reviennent vers ma sœur aînée, Christa, si résignée d'ordinaire. Et pourtant, comme elle pleurait, quand elle m'a annoncé le suicide d'Otto Meyer. Mon beau-frère n'a pas supporté l'insurrection de Paris ni l'ordre d'évacuation qui a suivi. Il a retourné son arme contre lui. Il est mort dans ce bureau qu'il occupait en maître absolu depuis quatre longues années, assis dans ce fauteuil qui représentait tout le pouvoir qu'il pouvait exercer sur ce qu'il appelait la vermine du monde, celle-là qu'il haïssait si fort, son sang a éclaboussé le portrait du

Führer qui se trouvait accroché derrière lui, et cela a plongé son commandant dans une rage folle.

La sanction a été immédiate : le cadavre du traître a été abandonné et ses distinctions militaires lui ont été retirées. Quant à sa veuve et ses trois orphelines, elles n'ont droit à aucune pension. Christa a voulu protester. Elle s'est rendue à une permanence du Parti, mais elle a été vivement rembarrée et menacée de prison si elle persistait. Depuis, je lui verse une bonne partie de ma solde.

De temps à autre, une cargaison de schnaps nous égaye. Les films de propagande ponctuent notre ennui. Nous ne sommes pas dupes de leurs mensonges, mais ils ont le mérite d'occuper nos journées. Les bobines font défiler des commissaires politiques mains sur la tête, tenus en joue par les nôtres, et nous avalons sans y croire des masses de cheveux hirsutes, de manteaux rapiécés et de figures salies.

La mémoire est une plaie vive. Et si toute ma vie n'avait été qu'une terrible erreur ? Allongé sur ma paillasse, je rumine lamentablement lorsqu'un froissement de tissus m'indique que quelqu'un s'introduit dans ma tente.

— Lieutenant Sieber ? questionne une voix. Je suis de la 26ᵉ. Gregor Marsh.

Électrisé, je pivote, je me redresse sur un coude. Un homme d'une cinquantaine d'années me fait face, sourcils broussailleux, cheveux blonds mal disciplinés. Il ne porte aucun grade.

— C'est le lieutenant Kulman qui t'envoie ?
— Le lieutenant est mort.
— Ah. J'en suis désolé. Je suis sûr que c'était un bon soldat.

Une lueur de désapprobation effleure le regard de Marsh, je me mords la langue. Mais mon visiteur poursuit ses explications :

— Un de ses amis à qui il avait parlé de vous me connaissait. Seulement, à ce moment-là, j'étais reparti en Allemagne pour suivre une formation. Sur les transmissions.

— On m'a dit que tu connaissais mon frère, le caporal Markus Sieber, et que tu étais avec lui à Stalingrad. Est-ce bien vrai ?

— En effet. Mais ce que j'ai à dire ne va pas vous plaire, lieutenant. Sommes-nous seuls ici ?

— Seuls avec le diable, oui.

Marsh se racle la gorge.

— Permettez ?

Il désigne mon grabat, je l'invite à s'asseoir tandis que je demeure debout, bras dans le dos et que j'écoute sa voix râpeuse remuer les souvenirs.

— Votre frère et moi étions dans la même section. Au vu de notre différence d'âge, il était un peu le fils que je n'ai pas eu. Je le protégeais comme je pouvais, nous partagions nos rations. Un soir, pendant le siège, il a volé du pain à la cuisine roulante. Je ne savais pas encore ce qu'il voulait en faire… Tout était perdu, on le sentait, on le savait, il n'y aurait pas de percée… Il n'y avait plus de carburant, plus de munitions, ni nourriture, ni médicaments. On crevait comme des rats et dans cet enfer, les seuls à obtenir une chance de sortie, c'étaient les blessés. Nous étions postés face à l'aéroport, et chaque jour nous assistions au même spectacle. Vous savez, on enviait les éclopés qui se groupaient autour des appareils. Ils nous fascinaient et nous écœuraient, tellement ils étaient sans pitié les uns envers les autres. Les valides piétinaient les brancards, les officiers tiraient dans le tas. C'est là que Markus m'a confié son idée. Se blesser volontairement. Sur le moment, j'ai approuvé, je lui ai même proposé de tirer moi-même pour que la blessure soit plus crédible. Vous savez bien… la gendarmerie militaire… ils pendaient les blessés suspects à tour de bras.

Malgré mon vécu, je ne peux réprimer un mouvement de surprise.

— Les pendre ?

— Oui, parfaitement, les gendarmes pendaient leurs frères d'armes à tout ce qui pouvait permettre de nouer une corde. Ils ne pouvaient plus se permettre de gâcher de balles, vous comprenez. Alors tous ces pendus, accrochés aux lampadaires, aux arbres, aux fenêtres, ça en décourageait plus d'un. Mais pas Markus. Je l'ai admiré, quand il m'a tendu le pistolet. Seulement voilà, quand j'ai eu l'arme en main et qu'il s'est posté face à moi, je n'ai pas pu.

Gregor Marsh reprend sa respiration. Face à ce vieux soldat qui peine à me restituer les derniers moments de mon frère, ma poitrine se bloque, je suis suspendu à son récit, qui reprend et résonne sourdement à mes tympans.

— Je n'ai pas pu l'aider... il le savait sans doute, il l'avait deviné avant moi... C'est pour ça qu'il avait sa miche de pain, pour se mutiler sans que la gendarmerie ne puisse détecter qu'il s'était lui-même tiré une balle à bout portant. Et puis il fallait que la blessure soit assez grave pour être évacué, alors avant que je ne puisse dire quoi que ce soit, il a placé la miche contre son ventre, il a tiré. Le choc l'a jeté en arrière, il s'est relevé, et je l'ai soutenu, traîné jusqu'à la piste, jusqu'aux portes de l'avion. Je voyais bien qu'il saignait trop. J'avais son sang sur moi. Je l'ai hissé dans la carlingue, je lui ai souhaité bonne chance, on nous poussait de tous côtés et lui, il ne voulait pas me lâcher. Je suis monté à ses côtés, couvert de son sang comme je vous disais, et nul ne m'a rien dit. Markus était là entre mes bras, livide, j'essayais de comprimer son ventre mais c'était peine perdue. L'avion a décollé. Et puis en plein ciel, Markus a cessé de respirer.

Cette conclusion, je l'attendais fatalement, mais l'incrédulité me fige. Le temps s'enraye et les mots se répercutent à mes oreilles, vibrent sous mon crâne. Cet aveu me révolte et me soulage ; je sais désormais ce qui s'est passé, et je comprends que personne jamais ne me ramènera mon frère. Je me noie dans ma propre respiration. L'air force ma trachée, et je suis tout entier écrasé par une peine atroce qui déjà se mue en fureur.

— Menteur, lâche !

— Lâche peut-être... mais ce n'est que la vérité lieutenant...

— Tu as profité d'un mourant pour prendre une place à bord de cet appareil de malheur ! Misérable... Salir le nom et l'honneur de mon frère... je... je vais te faire traduire en conseil de guerre !

— Je ne fais que vous relater la vérité, la plus stricte vérité.

— Vraiment ? La vérité ?

J'explose littéralement :

— Et comment se fait-il que Markus soit compté comme disparu et non parmi les morts ?

— C'est parce que l'avion a été touché, nous nous sommes posés en catastrophe... Quand le feu a pris, seuls les plus valides ont pu s'échapper de la carlingue. Fallait voir, nous étions en plein désert de neige. Il nous a fallu une nuit entière pour rejoindre un village aux mains des nôtres.

J'assimile ce flot d'informations et toutes les émotions qui s'y superposent me secouent tout entier.

— Pourquoi n'as-tu pas mentionné que Markus était à bord ?

— Vous connaissez le front et ses aléas, lieutenant. Personne ne dressait plus de liste, il y avait bien trop de morts et les Russes menaçaient de nous encercler à notre tour. Ce n'était qu'une immense débandade, des semaines durant, nous avons fui tant bien que mal vers l'Ouest pour reformer des positions tenables.

— Et je devrais te croire sur parole ?

— Que vous me croyiez ou pas, peu m'importe ! J'ai fait ce que ma conscience me commandait en venant vous livrer mon récit. Et pour ce qui me concerne, je n'attends ni ne crains plus rien.

Mes mains tremblent. Je questionne le regard désabusé et dénué de malice qui me fait face. Je sais que ce soldat dit vrai. J'admire son courage, je déteste sa voix. Je hais cet inconnu, je le hais d'être venu me délivrer de mes doutes.

— Sors. Sors !

Marsh se relève, esquisse un garde-à-vous, me contourne prudemment pour rejoindre l'entrée de la toile de tente.

Tel un grésillement d'outre-tombe, sa voix me percute une dernière fois :

— J'ai combattu en 14 aussi. Alors… si vous avez la chance d'en réchapper, vous comprendrez. La guerre, ça ne laisse rien que des morts et des perdants.

Cette visite me plonge dans un tel désarroi que mes défenses immunitaires flanchent. Moi qui pourtant n'étais jamais tombé malade en Russie, je me retrouve cloué au lit par une pneumonie assez sévère. Mon état est jugé si grave que je suis transporté à l'hôpital de Bologne, puis lorsque ma fièvre redescend suffisamment, dans un centre pour convalescents, non loin de la frontière suisse. Depuis la fenêtre du dortoir, mon regard se heurte aux contreforts des Alpes qui verrouillent la frontière de la plus sûre des manières. De l'autre côté de ces montagnes, il existe un monde en paix, un monde que je ne verrai jamais.

CHAPITRE 16

Heinz

Début mars, je rejoins le régiment de grenadiers que j'avais quitté en janvier. Nous cantonnons dans un misérable hameau déserté par ses habitants. Le quotidien est sommaire. Nous vaquons à quelques tâches, nous patrouillons de-ci de-là.

Au fil des jours, le climat change et s'adoucit. C'est fou ce que c'est bon la douceur du printemps. Je voudrais me nourrir de cette lumière revenue, de ce soleil qui s'affirme, je souhaiterais oublier que je n'ai pas d'avenir.

Je lève le nez et je suis du regard les flèches scintillantes qui jouent dans les ourlets des nuages. Moi aussi, j'aimerais me fondre dans cette dorure. Comme la lumière du jour, je voudrais m'étirer sur les cimes épineuses, caresser les faîtes bosselés des toits, m'étendre le long des chemins tortueux. Je voudrais me dissoudre et m'éparpiller entre les pointes des cailloux, napper la terre sèche et demeurer ainsi, impalpable et tiède, oui demeurer longtemps, jusqu'à ce que la nuit vienne et que je puisse m'éteindre sans même m'en rendre compte.

Stupide divagation d'un cerveau grignoté par la faim.

Une ombre me surplombe et me ramène brusquement à la réalité. C'est un planeur. Rapace silencieux, ses ailes sombres tranchent l'azur en de larges cercles concentriques. Il prend son temps… Je l'observe, il nous observe, parce que je n'ai pas le matériel pour l'abattre tout comme lui non plus, n'est pas en mesure de nous abattre. Il relève nos positions, je note sa présence et nous restons ainsi plusieurs minutes, superposés, séparés par le vide étalé entre nous.

CHAPITRE 17

Heinz

Ma section lorgne le balancement d'un pendu. À en juger par son uniforme, c'est un soldat allemand laissé là par la gendarmerie militaire. La mise en garde est très claire. Aucune pitié pour les déserteurs, ou supposés tels. Le pendu provoque du dégoût sur les visages de mes subalternes, des bleus peu habitués au spectacle de la mort.

Dérangés par notre passage, les corbeaux se sont interrompus. Ils recommenceront à picorer leur proie dès que nous aurons tourné le dos. Oui, ce gars va se faire dévorer par des volatiles mais creuser des tombes demande de l'énergie et de l'attention, deux biens si précieux, si nécessaires à notre survie que je ne peux pas les gaspiller.

Nous devons être extrêmement prudents : le bocage est fourbe. Les haies basses limitent notre visibilité et ne nous masquent qu'à moitié.

Des explosions lointaines font vibrer le sol sous nos bottes tandis que nous dépassons les restes d'un automoteur allemand. Le personnel calciné est resté collé sur la structure métallique des sièges. J'ordonne à mes soldats de se mettre en colonne et je leur ouvre la route. Des combats ont eu lieu ici les jours précédents. Selon les renseignements, l'ennemi se serait retiré sur d'anciennes positions. Cependant la zone n'est pas sûre. L'ordre m'a été donné d'inspecter ce périmètre. J'avance et mes hommes me suivent docilement. Nous progressons sans un mot, baignés par un silence ponctué de froissement d'herbes et de vibrations lointaines. Le sentier dévoré de chardons tournicote entre les prés, et ces courbes insidieuses m'incitent à la méfiance. Une vache passe mollement devant nous, puis un grincement me fige net. Un engin avance derrière le prochain virage. Tétanisée, la colonne se tait. Je recule en leur désignant la haie.

— Accroupis ! Enfoncez-vous là-dedans, bordel !

Les gars obéissent et se serrent comme des écoliers. Le blindé approche. C'est un Sherman. Je reconnais le bruit particulier de ses chenilles recouvertes de caoutchouc. Ça y est, la bouche sombre du canon pointe au tournant. Enfoncés dans une haie, nous retenons notre souffle. L'engin se dandine sur la butte qui suit le virage puis marque un arrêt prolongé. Est-ce qu'ils vont s'arrêter ici ? Il semble que oui. Le moteur est coupé. La tourelle s'ouvre et révèle le casque plat d'un soldat ; ce dernier examine les alentours sans nous voir. Jugeant l'endroit sûr, il saute hors de l'engin. Pour ne rien arranger, un deuxième Sherman arrive et se positionne non loin du premier. Les équipages descendent des blindés. À leur uniforme, j'en conclus qu'il s'agit d'une troupe anglaise. Mon cerveau bouillonne, que faire ? Ma section tremble si fort qu'elle n'est pas loin de secouer le buisson qui nous abrite. Impossible de la lancer à l'assaut... ce serait un carnage. Je calcule nos chances de retraverser le bois en sens inverse... Elles sont faibles. Mes membres s'engourdissent, ceux de mes hommes aussi. Chacun remue le plus faiblement possible, juste assez pour éviter de se paralyser. Comme si cela ne suffisait pas, des fantassins en tenue ocre rejoignent les tankistes. J'essaye de les dénombrer, ils vont et viennent, ils sont si nombreux... nous voilà en plein campement ennemi ! Ils parlent à haute voix, s'esclaffent, relâchent leurs armes, roulent des cigarettes, interviennent sur les blindés, ouvrent les trappes... ces abrutis se mettent à l'aise... Toutes les injures de mon répertoire défilent entre mes tempes, je les méprise de se montrer si imprudents... et pourtant ce sont bien eux qui sont en sécurité ici, et pas nous.

Molletières et brodequins passent tout près de moi... mes jambes s'ankylosent à nouveau.

Soudain un des soldats lorgne dans notre direction. Un air sympathique flotte sur son visage balayé par une mèche de cheveux châtains. Il marche droit sur nous. Sa posture décontractée m'indique qu'il n'a pas décelé notre présence. Stoppant net au-dessus de notre buisson, il fait descendre sa braguette, extrait son sexe de son pantalon pour se soulager et baisse machinalement le regard, comme s'il voulait savoir où allait atterrir son jet de pisse. Ses yeux se plantent dans les miens. Je courbe mon doigt sur la détente. Mon arme n'a pas de silencieux. Nous sommes en infériorité numérique. Cette double réflexion n'a duré qu'une seconde, une seconde de trop. Le sexe ballant, l'anglais pointe le canon d'un revolver sur mon front. Il n'a plus rien de sympathique tout d'un coup. Un arrogant rictus plisse ses lèvres. Il me tient en joue et m'envoie un signe du menton :

— *Come on... ! Come on damned Kraut!*

Son cri alerte ses camarades qui accourent. Des mains me tirent hors de ma cachette, des épines me déchirent la peau et accrochent la laine de mon uniforme. Je roule, je suis piétiné, fouillé, désarmé à grand renfort de gifles et de coups de pied. Ma vision se brouille, et un goût métallique m'obstrue l'arrière-gorge. Mon portefeuille en cuir brun s'envole, les images qui résument ma vie passent de main en main, commentées par d'incompréhensibles quolibets, et dans ces accents ennemis, un mot revient pour me désigner : *Kraut, Kraut, Kraut*.

Me voilà à la merci de l'ennemi.

CHAPITRE 18

Adèle

— Pas de journaux ce matin ! s'écrie Manon qui ouvre la porte à toute volée. Pas de métro, pas de facteur, pas de pain… Cette fois, c'est la fin… !

Sourcils froncés, je pose un doigt sur mes lèvres pour lui signifier que Clémens dort dans la chambre attenante au séjour. Mais Manon n'en a que faire, et elle poursuit son monologue, attrapant son chat au passage pour le caler sous son aisselle.

— Ça va chauffer sec ma jolie ! Les Amerloques sont en route pour Paris ! Heureusement, dans ce quartier, personne ne nous soupçonnera.

Un signal d'alarme résonne dans mon esprit :

— Comment peux-tu être si sûre ?

— Le juge et le bourreau en période de trouble, ce sont toujours les mêmes : les voisins. Ce sont eux qui détiennent les clés de notre avenir ma poulette. Et fort heureusement, nous avons su les convaincre de notre sainteté. Que veux-tu, une honorable vendeuse qui se décarcasse pour accueillir sa jeune sœur éplorée. Trois victimes, dont une veuve flanquée d'un orphelin… C'est d'un pitoyable, d'un commun ! Enfin… heureusement nous n'aurons pas à jouer la comédie des années ! Encore que pour toi, ma toute douce, c'est un rôle de composition…

Des pleurs vigoureux interrompent son rire moqueur. Je lui lance un regard réprobateur dont elle n'a cure : affalée dans le sofa, elle a reposé le chat pour retirer ses escarpins.

— Et ne me regarde pas comme ça… ! Pff… Je ne sais pas ce qui m'a pris de m'encombrer de vous deux, moi qui déteste les enfants autant que les blanches colombes ! Ma bonté me perdra.

— Ce qui t'a pris ? Rien à voir avec de la bonté !

Disant ces mots, je me souviens de mon arrivée à Paris début juin, alors que, désargentée, démunie, et avec mon fils sur les bras, j'étais allée frapper à la seule porte qui peut-être s'ouvrirait : celle de Manon.

Après une seconde d'étonnement, le regard de Manon s'était allumé d'une joie calculée. Elle m'avait introduit dans sa demeure parce que j'étais un trésor qui lui tombait du ciel. J'avais tout de suite saisi le sens de cette générosité improbable. En effet, les contacts que Manon avait noués dans la Résistance, pour ceux qui n'avaient pas été arrêtés ou fusillés, avaient rejoint les maquis ou s'étaient jetés à la rencontre des armées alliées débarquées en Normandie.

Plus personne à Paris n'était en mesure de la blanchir. Fine mouche, elle redoutait le prochain renversement de pouvoir. Elle n'avait pas oublié qu'elle avait joué un rôle minime, mais certain dans l'évasion de mon frère Guy et comptait bien s'en servir à présent.

— Rien à voir avec la bonté, singe Manon… Et que serais-tu devenue sans moi ? Eh bien, vraiment, la guerre est une saloperie qui n'épargne personne, pas même toi. Tu avais tout de même de meilleures manières quand je t'ai connue !

— Quant à toi, tu as toujours eu des manières détestables. Puisque tu as besoin de moi, pourquoi ne pas le dire ouvertement ?

— Ne surestime pas ta valeur, poulette. Le témoignage d'une femme perdue ne vaudra pas grand-chose si notre petit jeu est découvert !

— Peut-être mais ce sera toujours mieux que rien, tranché-je en lui tournant le dos.

— N'en parlons plus, d'accord ? Je viens de me farcir des kilomètres à pied pour rien ! Ce qu'il nous faudrait, c'est de nous dégotter un petit amerloque, le temps que l'orage passe.

Manon reste fidèle à elle-même, prête à s'acoquiner avec la première paire de bottes venue. Je repousse la porte entrouverte de la chambre et m'en vais écarter le rideau. Les pleurs se calment. Niché au fond de son lit, Clémens frotte ses joues mouillées de larmes.

— Hey…

Ses poings sont serrés comme s'il débordait de colère. Parfois j'ai l'impression qu'il me hait. Je le hisse contre mon épaule et sa joue humidifie mon cou.

Dans le séjour, Manon vient de se servir une tasse de café et a réintégré sa place favorite au creux du sofa.

— Il te reste de l'eau chaude pour le biberon ? lui demandé-je.

— Comme d'habitude.

Je lui tends mon fils, elle l'accepte de mauvaise grâce :

— Je sais, tu en as pour « une minute »… mais ça devient infernal cette manie de me coller ton morveux ! Impossible de boire mon café tranquille… Une minute hein, et pas une seconde de plus !

Sur les genoux de Manon, Clémens piaffe déjà d'impatience. Je dose la poudre et je la mélange à l'eau tiède. Je secoue le biberon : mon fils me l'arrache presque des mains. Je ris et lui tends ; affamé, il se jette goulûment sur la tétine. Son appétit vorace m'inquiète soudain.

— Et tu disais qu'il n'y a plus de pain ?

— Commence plutôt par reprendre ce goinfre…

Manon savoure une gorgée de café — je la soupçonne de jouer volontairement avec mes nerfs — puis elle fanfaronne avec sa voix de peste qui me donne envie de la gifler :

— Non, non, il n'y a plus de pain. Depuis le temps que je te le disais... que la pénurie allait s'aggraver, que nous allions nous retrouver sans une miette... Voilà pourquoi je m'acharne à te répéter le même refrain : il nous faut d'urgence un amerloque ou un british pour remplir nos placards vides ! Quand les boches auront déguerpi, ça va être une affreuse pagaille. Seuls les nantis ou les débrouillards auront de quoi se mettre sous la dent. Les autres vont crever de faim.

— Mais avec les heures que je fais à l'hôpital et tes soirées au cabaret...

— Insuffisant. Nous ne savons pas si les commerces seront ouverts, s'il se vendra encore de la nourriture... et puis tes heures ne sont pas régulières et ne couvrent même pas le paiement du loyer. Quant au cabaret, voilà plus d'une semaine qu'il est fermé !

— Il rouvrira avec les nouveaux arrivants !

— Sûrement... mais ce sont surtout les pourboires qui me remplissent les poches. À voir si les rosbifs seront aussi généreux que l'étaient les frisés... Enfin, moi je te le dis, c'est incontournable, il nous faudra des protecteurs.

Cette idée me révulse, je grimace :

— Parle pour toi.

Manon éclate de rire et s'en va faire griller une tartine de pain rassis.

À midi, le gaz est coupé.

CHAPITRE 19

Adèle

Nous dressons l'inventaire des provisions : nous avons à peine de quoi tenir quatre ou cinq jours, au maximum une semaine si on se prive beaucoup. Puisque c'est à mon tour de faire des courses, je me résigne à sortir. Nos bons de rationnement, c'est Manon qui les a obtenus en échange de cigarettes de contrebande qu'elle a volées à des officiers allemands.

C'est le mois d'août, le ciel est limpide et pourtant personne n'a envie de flâner : les Parisiens ont déserté les terrasses des cafés, nul promeneur n'arpente les quais de la Seine, ni ne se délasse sur les bancs ombragés. Les rares commerces qui n'ont pas baissé leurs rideaux de fer sont pris d'assaut. Je m'insère dans une de ces files.

Après une interminable attente, trois bouteilles de lait et un morceau de fromage atterrissent dans mon cabas. Je cherche une boulangerie. En vain. Toutes celles qui jalonnent ma route sont fermées. Je m'aventure dans d'autres rues. Ma gorge s'assèche. Je suis sur le point de revenir sur mes pas lorsque j'aperçois une passante sur le trottoir d'en face. D'un pas décidé, je traverse pour lui demander un renseignement, mais la femme semble prendre peur, elle accélère le pas et le claquement de nos semelles résonne étrangement dans ce vide urbain.

Tant pis pour la boulangerie. Je me passerai de pain. Je vais rentrer et me calfeutrer entre quatre murs ; je veux serrer mon fils contre moi, respirer à l'unisson avec lui, attraper ses mains potelées dans les miennes et oublier le reste. L'inquiétude roule dans mon ventre en de longues vagues acides.

Des passants cavalent. Je les regarde, ahurie, et ils arrivent de plus en plus nombreux, désordonnés, bruyants, excités. Ils ne sont pas craintifs, ils ne fuient pas, non, ils courent, ils avancent, ils s'étalent et je me laisse emporter dans ce flux vibrant et incontrôlable.

La foule se gonfle à mesure que les rues s'élargissent, des milliers de gens se massent sur les trottoirs, débordent sur les voies, grimpent partout, sur la moindre grille, le premier lampadaire, le plus petit perron. On me bouscule, je serre mon cabas contre ma poitrine, je me hisse dans ce tressaillement compact, j'observe.

Des huées, des crachats, des bras levés, tout le monde s'agite et y met du sien. Bouche bée, j'entrevois un invraisemblable spectacle.

Les Allemands s'en vont !

Poussière, hennissements, klaxons, nous sommes loin de l'arrogance froide de nos envahisseurs. Des soldats se juchent par grappe sur les marchepieds des camions ; trônent sur des charrettes encombrées d'armoires, de tableaux et de bureaux renversés, le tout attaché à la va-vite avec des cordages, ils se serrent dans des berlines décapotables emplies à ras bord de lampes, de bassines, de coffrets, et je ne sais quoi encore. Tout ce désordre hétéroclite, composé de choses et d'hommes, prend la fuite. C'est la débâcle, droit vers l'est.

Soudain, un porcelet se faufile hors d'une brouette. L'animal plonge entre les jambes des premiers rangs de spectateurs sous l'œil dépité de son gardien allemand qui n'ose pas se lancer à la poursuite de son bien. L'assemblée goguenarde tangue et rit. Le mouvement me projette contre la bedaine molle d'un homme, un autre postillonne dans mes cheveux sa rage contre les vainqueurs d'hier. Agrippés à leurs fusils, les soldats en vert-de-gris lancent des regards brûlants de haine et de peur sur cette foule qui hurle. Une pierre vole au-dessus des casques, des canons se pointent.

— Mort aux boches ! crie un homme, protégé par le nombre.

Sa moustache rousse est perlée de sueur, il se penche sur moi, et je reçois son haleine qui pue la vinasse en pleine figure. Il crie parce que le brouhaha couvre sa voix :

— Parfaitement ma petite dame, mort aux boches, que je dis et je maintiens : on les aura jusqu'au dernier, du plus jeune au plus vieux ! Salopards !

Il rit et me pince la bouche entre ses doigts poisseux, avant d'écraser ses lèvres molles sur les miennes. Écœurée par ce baiser forcé, je trébuche et je m'enfuis tête baissée. Je me frotte les lèvres, je serre mon cabas contre moi, je cours jusqu'à l'appartement de Manon. Quand je lui raconte ce que j'ai vu, elle exulte. La fin est proche, me dit-elle, avant de se moquer du baiser imposé que j'ai subi.

— Tout se paye, petite oie. Des boches en cavale, ça vaut bien une bouche dégueulasse.

Je ne ris pas. Voir les Allemands en fuite ne m'amène qu'une seule pensée, et toute la nuit, cette même pensée me taraude : comment vais-je retrouver la trace du lieutenant ?

Des coups de feu claquent dès les premières heures du jour.

— Le grand jour approche, prédit Manon. Il va falloir jouer serré.

J'ai les nerfs à vif. En 1940, lors de la prise d'Angers par les Allemands, je m'étais réfugiée à Saint-Liboire dans la maison familiale. Je n'étais retournée en ville qu'une fois les combats terminés. À présent, je suis prisonnière. Il est certainement impossible de quitter la capitale. Quel sort les armées d'occupation vont-elles réserver aux civils ? Les Allemands ne peuvent pas avoir abandonné si facilement une ville aussi symbolique ! Entre les fentes des volets clos, j'observe la rue. Les trottoirs sont déserts. Tout Paris est figé dans l'attente.

Inconscient de ce qui se trame, le chat de Manon ronronne paisiblement, allongé en travers de la porte.

Dans l'après-midi, l'électricité est coupée. Une commère de l'immeuble frappe à la porte pour nous demander des bougies en prévision du soir, elle nous confie quelques nouvelles incertaines :

— On dit que Paris va être déclarée ville ouverte et que des gendarmes américains vont venir remplacer les boches.

À peine la mère Blanchard est-elle redescendue chez elle, que l'écho d'une fusillade emplit l'air. Dès lors, je ne lâche plus Clémens : il mange sur mes genoux, il dort contre mon sein. Sa proximité physique est une protection, une certitude que tout ira bien. Mais mon estomac est vide depuis des heures et je commence à ressentir les effets des privations. Les bras endoloris, je tire une chaise sous la fenêtre. C'est paradoxal mais observer l'extérieur me rassure. Une automitrailleuse allemande disparaît au coin de la rue. Au loin, des bruits secs et rauques se succèdent, comme une quinte de toux qui n'en finit pas. Otto Meyer est ma dernière chance d'avoir des nouvelles du lieutenant, quelles qu'elles soient. Peut-être que Meyer est encore à l'hôtel Lutétia ? Là-bas aussi, ils doivent évacuer les bureaux et brûler les archives. Est-ce de là que vient la colonne de fumée qui monte à l'ouest ?

Je trépigne sur ma chaise. Mon regard descend vers Clémens, qui est assoupi contre moi, et son poids dans mes bras est à la fois chaleur et fardeau. Tiraillée, je pleure sans bruit, le sel me ronge les yeux.

La nuit suivante est troublée de bruits stridents, des coups de sifflet, des crissements de pneus. Au matin, la mère Blanchard est à notre porte ; un Allemand a été égorgé non loin de là. Du travail bien fait. Personne n'a entendu le moindre cri.

— Et d'ailleurs, si ça vous intéresse d'aller voir, poursuit-elle, le cadavre est toujours au même endroit, à l'angle de la rue, en face du salon de coiffure de monsieur Pignard.

Peignoir de soie sur les épaules, cheveux enturbannés, Manon se met à rire tandis que je m'appuie au chambranle de la porte. Un cadavre allemand à quelques rues ? Non… mais le lieutenant n'est pas à Paris, ce ne peut pas être lui… Et pourtant s'il avait survécu au front ? S'il me recherchait, s'il avait retrouvé cette adresse… enfin, si c'était lui ? Une pluie de flèches glacées me transperce.

— Et l'avez-vous vu, vous-même ? questionne Manon.

— Le cadavre ? Dame oui, un vieux rabougri si laid qu'il ne manquera à personne.

Voyant ma mine, et le rire de Manon qui redouble — un rire moqueur qui s'adresse à moi autant qu'à la commère — cette dernière hésite à poursuivre.

— Quoi d'autre ? l'encourage Manon.

— Il y aurait des barricades, enfin c'est ce que mon mari dit. Des civils qui organisent des barrages, avec des sommiers, des planches cloutées, des arbres abattus, pour empêcher cette vermine de partir.

— Oh ! Mais pourquoi ralentir les boches alors que tous les Parisiens ne rêvent que de les voir partir ?

— Eh bien pour attendre les Américains qui les feront prisonniers, je suppose ! Vous savez, comme dit mon mari, c'est une sorte de révolution.

— Dans ce cas, espérons que cette révolution ne profitera pas aux communistes, commente Manon qui visiblement s'amuse bien.

— Que Dieu nous en préserve !

Le lendemain, la mère Blanchard arrive avec un air affolé.

— Vous aviez raison, mesdames, glapit-elle, il y a des communistes avec les insurgés ! Mon mari en a vu, ils sèment le désordre partout où ils passent, ils tirent à qui mieux mieux et blessent des patriotes. Les boches en ont descendu deux à la mitrailleuse, rue Magnard. Ça fait toujours deux de moins.

Les jours suivants se passent dans une incertitude que les rumeurs les plus folles alimentent continuellement. La rue est dépavée et bloquée dans les deux sens par des troncs d'arbres et des carcasses de voitures. De hautes colonnes de fumée saturent le ciel plombé de nuages noirs. Le Grand Palais brûle, annonce notre informatrice en chef, la mère Blanchard.

Depuis mon poste d'observation, derrière le volet légèrement entrouvert, j'ai une bonne vision sur les barricades de fortune et sur les hommes et femmes qui les défendent. Ils arborent des brassards sur leurs manches relevées.

Des fusillades éparses éclatent. L'idée que je pourrais être utile à soigner des blessés me traverse l'esprit pour s'enfuir aussitôt : je n'ai pas la force d'aider qui que ce soit, hormis mon fils.

En fin de journée, la voisine nous apporte un bocal de conserve d'abricots qu'elle avait acheté il y a quelques mois au marché noir. Elle jubile. Monsieur Blanchard est encore sur les barricades mais pour rien au monde, elle ne voulait fêter une si grande nouvelle seule : Radio Londres a annoncé la libération de Paris !

— Vous êtes sûre ? demandé-je.

— C'est Radio Londres qui le dit. Voyez donc par vous-même, on dit que tous les boches ont décampé.

Après avoir posé Clémens dans son berceau, j'ouvre en grand les volets qui donnent sur rue. Sous le ciel chargé d'électricité, les toits de Paris s'étalent à l'infini. Un drapeau tricolore se déploie, accroché aux grilles d'un balcon. Soudain, en bas, calé contre des sacs de sable, un homme fait signe de se calfeutrer. Il renouvelle ses grands gestes autoritaires, j'obéis et referme les volets sans attendre.

— Alors ce sera pour demain ! prédit la mère Blanchard, la bouche pleine d'abricots.

— Quatre ans qu'on les a sur le dos, on n'est plus à une journée près ! renchérit Manon en me lançant un clin d'œil.

En effet, le lendemain, les blindés de la division Leclerc entrent dans Paris.

Deux jours plus tard, le général de Gaulle défile sur les Champs Élysées.

Pour l'occasion, Manon a enfilé une robe bleue qu'elle a agrémentée d'accessoires rouges et blancs.

— Es-tu sûre que tu ne veux pas venir ? m'interroge-t-elle en décapuchonnant son rouge à lèvres.

Elle se place en face du miroir qui orne l'entrée, et je la regarde par ce truchement.

— Avec Clémens, dans toute cette foule... non, je préfère pas.

— C'est parce qu'il est à demi allemand que tu dis ça ?

Le reflet de Manon me lance une œillade, je lui tire la langue.

— Voilà, reste comme ça ! Redeviens jeune, pimpante et insolente ma poulette !

Je ris, elle fait volte-face et chausse ses escarpins.

— Hop, allez, prépare-toi au lieu de me regarder !

— Tu n'as pas peur d'être reconnue ?

— Pff, quelle question ! Viens, je ne vais pas attendre des heures ! Les premières arrivées seront les premières servies !

J'hésite. Quelque chose en moi résiste et m'interdit de me joindre à la liesse populaire. Comme si j'étais exclue de cette joie, bannie de cette victoire que je ne mérite pas.

— Non... je reste, mais vas-y toi ! Tu me raconteras.

— *OK girl* ! s'amuse Manon en claquant la porte.

Clémens dort. Tout est silencieux dans l'appartement. J'entrouvre la fenêtre de la cuisine qui s'emplit de cette clameur qui ne trompe pas, celle des cloches qui se répondent à la volée, des cris de liesse et du vacarme des klaxons. Tout est si vivant dehors. Sur le trottoir en face, un enfant agite un drapeau bricolé. Bleu, blanc, rouge, Paris est libéré.

CHAPITRE 20

Adèle

On sonne à la porte.
— C'est ouvert, répond Manon.
Sa voix est suave, elle passe ses doigts dans sa longue chevelure brune.
La porte s'ouvre sur trois gaillards vêtus de treillis marqués du drapeau étoilé. Peter, Joe et Tom, nos nouveaux amis. L'un est gradé, les autres non, mais tous trois évoluent avec une égale décontraction. Ils saluent en riant, embrassent Clémens qu'ils portent à bout de bras chacun leur tour. Peter sort des chewing-gums de ses poches, le caporal Joe Browers tend un sac de provisions que j'attrape avec un sourire :
— Pour vous, mademoiselle très chère, dit-il avec un sourire éclatant.

Comme la veille, et les jours précédents, je déballe le sac et il contient des conserves de sardine, de bœuf et de fruits. La stratégie de Manon fonctionne, je remercie le GI qui me gratifie d'un clin d'œil. Les trois soldats investissent le séjour en fredonnant. Joe et Peter font mine de se disputer pour s'asseoir au plus près de Manon. Tom les laisse faire, une cannette de bière à la main. Je les rejoins.
Tandis que la conversation débute, je me félicite de l'aisance avec laquelle mon fils explore le séjour : il ne lui a pas

fallu plus de deux jours pour découvrir qu'il pouvait se déplacer facilement à quatre pattes. Il est intelligent et plein d'assurance. Comme son père... Ai-je murmuré cette dernière phrase ?

— Son père, pas là ? interroge Tom.
— Non. Il y a longtemps qu'il n'est plus là.
— Il manque ?
— Oui, bien sûr.

Tom hoche la tête. Il fait approximativement la même taille que le lieutenant. Mais sa carrure est plus large, plus épaisse. Le visage, quant à lui, est absolument différent : Tom a des traits ouverts, une bouche pulpeuse et rieuse, des yeux ronds et frangés de longs cils.

— Buuucoup ?

Son accent m'amuse, je ne peux m'empêcher de rire.

— Oui, beaucoup.
— *Where is he* ? demande Tom en souriant, parce qu'il veut montrer qu'il n'osera plus parler en français si je me moque de lui.

Je me fige soudainement. Où est-il, le lieutenant Sieber ? Je ne sais... mais mon imagination commence à s'emballer, je refuse de voir encore ces cadavres qui hantent mes nuits... Je secoue la tête, je retiens mes larmes.

— *Oops ! Sorry...*

Je lui fais un petit geste de la main pour signifier que ce n'est rien, il fait une moue désolée, je lui souris faiblement, il me sourit à son tour.

Ce soldat a quelque chose de gentil, presque naïf... foutaises ! Si ce type avait eu le lieutenant en ligne de mire, il aurait tiré, et il l'aurait abattu, parce qu'il tue comme tous ceux qui portent l'uniforme.

Je me tourne vers Manon qui raconte ses aventures de résistante avec une imagination débordante.

— Vous méritez médaille ! s'exclame Joe à la fin du monologue. Je dois embrasser vous pour tous les exploits !

Manon résiste pour la forme, mais elle ne repousse pas le jeune GI qui se presse contre elle, au contraire, elle prend bien soin de se cambrer : son petit manège ne m'échappe pas. De la bière se renverse sur sa jupe.

— Tu devrais venir voir leurs chars, glousse Manon à mon attention. De sacrés engins !

— Oui, venir, ajoute Tom, et faire photo. Jolie photo !

Des cris provenant de dehors nous précipitent à la fenêtre. Une jeune femme est malmenée par un groupe qui tourne autour d'elle. On la bouscule, on lui crache dessus, on lui tire les cheveux. Sa robe est arrachée. Des insultes fusent. Des ménagères sortent sur le pas des portes, et le groupe, qui grossit de minute en minute, s'enhardit dangereusement.

— Salope ! Salope ! scandent certains, le poing vengeur.

La mère Blanchard est sortie pour mieux profiter du spectacle.

— Pute à boches, crie un adolescent boutonneux.

Le brouhaha augmente. Un homme fend le groupe en boitillant.

— Laissez-le passer, glapit la mère Blanchard en lui ouvrant la voie. On va la punir cette traînée ! Catin !

— Catin !

L'homme aux ciseaux lève haut son bras armé de la double lame… puis il commence à fourrager sans ménagement dans la chevelure.

En un rien de temps, les boucles brunes s'éparpillent sur le bitume. La pauvre créature au crâne rose sanglote, mais sa détresse ne récolte que des crachats. Les Américains échangent un regard gêné.

— Ah… mauvaise chose, la vengeance, commente le caporal en refermant la fenêtre.

Je reste plantée là, et Manon, qui est aussi blême que moi, m'écrase le pied pour me sommer de reprendre mon rôle. Elle fanfaronne :

— Les cheveux, ça repousse ! Retournons plutôt boire vos bières et vous nous raconterez encore comment vous êtes arrivés jusqu'à nous !

Je fais l'effort de prendre part aux discussions. Mais mille hypothèses tournent dans mon esprit. Il est tard lorsque les GI s'en vont. La porte close, je laisse exploser ma nervosité. Manon pousse un long soupir, elle me toise comme si j'étais la dernière des rabat-joie, et pourtant ses pupilles tremblent. Elle aussi connaît l'angoisse de l'avenir, quoi qu'elle en dise.

— Ne fais pas ta sotte, nous ne risquons rien, rien de rien, répète Manon en débarrassant les verres, au contraire tout se passe au mieux.

Elle me refait son exposé habituel, je l'écoute d'une oreille en lavant les verres, je marmonne et nos mots se perdent dans l'écho de nos inquiétudes et de nos réassurances mutuelles.

— C'était bien avisé de déménager…
— Comme tu le dis, cocotte !
— Paris est grand…
— Exactement !
— Ce serait pas notre veine de tomber sur un de ceux qui savent…
— Nos derrières assurent nos arrières.

Un rire me secoue :
— Pff… c'est quoi cette devise ?

Manon glousse et me jette un torchon au visage.
— Une devise bien avisée ! Toujours tirer parti de la situation ! Les Américains gagnent la guerre, nous sommes avec eux. Joe est pour moi, Tom pour toi. Les voisins les ont vus venir tous les jours. Alors quand bien même, ils apprendraient quelque chose à notre sujet, ils n'oseront rien faire.

— Hmmm ça doit jaser dans notre dos ! Surtout la Blanchard… je te le dis, et nous aurons des ennuis.

— Tss, c'est là que tu te trompes ! La morale du peuple n'est pas si élevée que la tienne. Crois-moi, ils ne nous en

voudront pas de sacrifier notre « vertu » pour remercier LEURS libérateurs !
   Je lui renvoie le torchon à la figure :
   — Et qui te dit que ma vertu sera sacrifiée ?

CHAPITRE 21

Adèle

Octobre 1944

La fraîcheur automnale me pousse à resserrer les pans de ma veste l'un contre l'autre. J'accélère le pas pour me réchauffer, et mes talons de bois résonnent sur les pavés. Un fleuriste a étalé ses compositions florales sur le trottoir, je dépasse dahlias et chrysanthèmes pour contourner ensuite un kiosque à journaux. Les étagères exhibent de gros titres, l'un d'eux — frappé de caractères épais — retient mon attention : *Les Alliés reconnaissent le gouvernement provisoire français*. Puisque la politique refait surface, la vie reprend son cours.

—» Tention !!!

Relevant le nez, j'évite de justesse une petite fille en trottinette. Ses cheveux tressautent sur ses frêles épaules, elle semble faire la course avec les voitures qui filent le long du boulevard.

Je continue mon chemin et m'engage dans une suite de petites rues perpendiculaires les unes aux autres. Marcher vite me soulage après toutes ces heures passées à piétiner dans les couloirs de l'hôpital. Ma journée de travail n'a pas été de tout repos... Depuis que les Allemands ont quitté Paris, chaque jour apporte son lot de blessés par balles ou arme blanche : les règlements de compte n'en finissent pas de prolonger la violence de la guerre.

Devant moi, un groupe d'hommes sort d'un hall, leurs imperméables repliés sur leurs avant-bras. Ma marche rapide me porte à leur niveau, je les dépasse, ils me font penser à la guerre, à ces policiers en civils, à la Gestapo, à tout ce que je voudrais oublier. J'ai hâte de retrouver Clémens qui est sous la garde de madame Blanchard. C'est son premier anniversaire. L'évènement ne me réjouit pas tout à fait, mais j'essaye de me concentrer sur le concret, sur le réel, sur ce que je possède, ce que j'ai pu sauver, sur ma vie aujourd'hui. Je suis vivante, mon fils aussi, j'ai un toit, un travail, je ne roule pas sur l'or mais j'ai pu acheter de quoi préparer un dîner digne d'un anniversaire. Manon a promis de rapporter du cidre. Enfin, le cidre, c'est surtout pour faire plaisir à Joe. Ils se sont fiancés tous les deux… et lui a obtenu une permission de deux jours, il sera présent tout à l'heure à la petite fête. À l'annonce des fiançailles, j'ai d'abord cru à une plaisanterie. Manon n'aime pas les engagements. Mais mon amie cherche à se ranger semble-t-il. La paix n'est pas très rentable pour elle. Elle projette de partir vivre à New York, dès la fin de la guerre. Elle veut s'installer avec Joe, puisque c'est un « homme capable » selon ses mots. Capable de l'entretenir, oui, parce que dans la vie civile, il dirige une société de courtage en assurances.

— Si tu t'y prends bien toi aussi, tu pourrais te faire épouser. Tom te dévore des yeux… et faudrait être aveugle pour ne pas voir l'effet que tu procures à son anatomie !

Il y a bien longtemps que les sous-entendus de ma colocataire ne me scandalisent plus… Je repense à la discussion graveleuse qui s'en était suivie… je pouffe dans la doublure de mon col. Même si elle reste stratégique, Manon garde cet esprit irrévérencieux qui donne à ceux qui la côtoient une incroyable sensation de liberté. J'ai appris tant sur moi auprès d'elle !

Enfin. Elle va se marier. Dans le fond, je sais qu'elle a raison. Elle sauvegarde ses intérêts. Comme elle me l'a fait remarquer, Tom aussi est « un homme capable » ; sa famille possède une propriété dans le grand Ouest américain, une ferme qui s'étend sur des centaines d'hectares, qui emploie des cowboys pour élever et vendre des troupeaux de bétail. Il voudrait m'apprendre à manier le lasso et à randonner dans les montagnes. Ces projets ne m'emballent pas. Mais le GI n'est pas dénué de qualités. Je le crois sincère. J'aime l'énergie qui inonde son visage quand il sourit, la force simple qui colore son regard, la sécurité qui transparaît de sa robustesse. Il est solide, direct, d'humeur joviale. Se nicher au creux de son étreinte doit être reposant. Je pourrais parier que dans la vie civile, ses vêtements sentent bon le feu de cheminée, le cheval et l'eau de Cologne.

Il pourrait m'offrir une autre chance, une autre vie, un ailleurs, un après... mais suis-je seulement disposée à saisir toutes ces promesses ? Peut-être que cette paix-là n'est pas pour moi. J'ai encore besoin de souffrir. J'ai encore besoin de penser à *lui*. Je compare sans cesse. Tom et le lieutenant. Tiens... pourquoi est-ce que je le nomme encore par son grade ? Je devrais juste l'appeler par son prénom.

CHAPITRE 22

Adèle

Heinz. Mon amour, mon amant, toi qui danses dans ma mémoire. Tu es un fantôme, tu m'habites, tu me suis en toute chose et en tous lieux.

J'ai mal de ta présence, j'ai mal de ton absence et pourtant de cette manière, tu es au plus près de mon âme.

Je ne veux pas te faire mourir.

Alors non, tu ne ressembles en rien à celui qui me convoite aujourd'hui. Vous ne pourriez être plus dissemblables l'un de l'autre. Mentalement je te redessine, toi qui me manques tant.

Je te revois, je lève la tête, je me blottis contre ton torse, tu es nerveux, tu es souple, j'effleure tes cheveux lustrés, je suis la courbe de ton nez, je suis happée par le précipice sans fond de ton regard… J'épouse ce pli arrogant qui fait remonter le coin de ta bouche, qui te révèle insupportable et fragile, parce que moi je vois cette fragilité en toi qui à tous leur échappe, eux qui ne perçoivent que ta détermination…

Je sens sous ma peau les muscles de tes cuisses tressaillir et je perçois l'attente de ton ventre dur. Tu es là, prisonnier éphémère de mon imagination, mirage flottant, tu ne dures guère, et ton souffle s'évanouit en éparpillant mes pensées.

CHAPITRE 23

Adèle

Je me dois au monde réel. Je récupère Clémens. J'assaisonne le rôti. Je prépare la tarte aux pommes. Je range, je lave, je surveille mon fils. Vêtu d'une barboteuse de coton blanc, ses petites jambes tendues et tremblotantes, il se tient en appui contre l'assise d'une chaise. Il gazouille, il me regarde, mi-joueur, mi-implorant.

— Est-ce que c'est ça que tu veux… ?

Je lui tends un morceau de fruit et sa petite main agrippe le quartier de pomme tandis que son autre coude s'enfonce dans la paille de la chaise. Je lui souris.

Du bout de la langue, il lèche le fruit, indifférent au bruit de la porte d'entrée qui s'ouvre à la volée. Manon hisse fièrement une bouteille de cidre au-dessus de sa tête.

— Mission accomplie ! Et voilà pour l'anniversaire du petit chou !

Son éclat de voix fait lever la tête à Clémens. Elle lui décoche une caresse sur la joue, virevolte jusqu'à manquer de lui faire perdre l'équilibre, me glisse une bise et dans le même mouvement, fait atterrir la bouteille au réfrigérateur.

À dix-neuf heures, les deux GI sont là. Joe embrasse Manon sans aucune pudeur. À l'inverse, Tom dépose un chaste baiser sur ma main.

Nous passons à table, la conversation roule d'un thème à l'autre, bien que la guerre revienne sans cesse, entendre parler du front — qui est maintenant en Alsace — me rend nerveuse. Je ne tiens pas sur ma chaise. Je décide d'aller chercher le gâteau, j'y plante notre seule bougie. Les deux Américains sont bon public, ils entonnent un bruyant « *Happy Birthday* » à l'attention de Clémens.

Toute l'absurdité de la vie est là sous mes yeux.

Je coupe le gâteau, je distribue les parts ; Clémens quitte les genoux de Tom pour venir sur les miens. Manon débouche sa bouteille de cidre.

— Madame Manon Browers, votre cidre est délicieux, s'exclame Joe en attirant sa fiancée contre lui.

Ma colocataire couine et se trémousse :

— Manon Browers... hum ça me plaît assez... ça a du chien !

— Du chien ? s'étonnent nos invités d'une seule voix.

— C'est une expression. Pour dire que ça va bien ensemble. Les deux noms : Manon et Browers.

— Quel rapport avec le chien ! s'exclame Tom.

Joe éclate d'un rire tonitruant. Je repose mon fils au sol.

— Aucun rapport messieurs !

— Une expression, OK ! Adèle, vous êtes invitée pour le mariage, me lance Joe avec un clin d'œil. And *you too my friend*, ajoute-t-il, en direction de Tom, avec une tape virile.

Manon est au comble du bonheur, elle gigote sur les genoux de son Américain, et ses mouvements sont loin de le laisser de marbre.

— Et si on sortait ? propose-t-elle. On pourrait aller au cinéma, ou au dancing écouter du jazz...

— Allez-y sans moi, je vais rester ici avec Clémens.

Tous les regards convergent alors machinalement vers mon fils qui se tient debout au milieu du séjour, sans appui, les bras tendus.

— *Hey! Look at your baby* :… il… marcher ! s'écrie Tom en ouvrant les deux bras. *Come on baby… come on… yes* !!! *Come oooon.*

Le regard rivé à celui du GI, Clémens demeure un moment figé dans un équilibre incertain, puis doucement son pied droit s'avance. Après une courte hésitation, le gauche suit le mouvement.

Voilà, mon fils fait ses premiers pas, encouragé par un Américain. Je me mords les lèvres.

— Stop !

D'un bond, je me lève. Surpris, Clémens vacille et tombe sur les fesses. Dans ses grands yeux gris, il n'y a pas de peur, juste l'étonnement d'une expérience nouvelle qui a subitement pris fin sans qu'il ait compris pourquoi. Ses mains posées à plat devant lui, il tente de se relever.

Je le prends dans mes bras, je le serre tout contre moi, je l'enfouis contre mon cou. Quand je relève le nez, trois visages me scrutent avec incompréhension.

Je tourne les talons, j'emporte Clémens qui proteste. Mon fils, cet héritage si précieux, souvenir tangible de mes amours mortes. Je le couvre de baisers, je lui parle, je lui raconte n'importe quoi, je lui explique que je ne sais pas ce qui m'a pris, je lui avoue que je ne pouvais plus supporter. Il se cabre. Il se moque bien de mes états d'âme : lui tout ce qu'il veut, c'est marcher.

Je le relâche au sol.

On gratte à la porte.

— Entrer je peux ?

Tom. Évidemment. Je soupire.

— Oui. La porte n'est pas fermée à clé.

Le battant s'entrouvre.

— Ça va ?

À nouveau je soupire. Je me laisse choir sur le rebord du lit.

— Il y a un problème avec ton *baby* ?
— Non.
— Tu veux expliquer ? J'écuuute...

Je secoue la tête, j'entrouvre les mains, je n'ai pas envie de raconter mon histoire. Un souvenir ne se partage pas. Il s'est vécu, il est vivant, il cogne entre les côtes, il rebondit dans le vide qu'il a laissé.

Alors, non, je n'ai pas envie de mettre des mots sur des moments. Je ne veux pas parler.

— J'étouffe, murmuré-je.
— OK. Venir aux États-Unis. Chez moi, tu n'étouffer pas, il existe beaucoup de place. Ton bébé courir s'il veut.
— ...
— Je suis *serious*. Très beaucoup.

Je lui renvoie un sourire navré. Il s'approche, les mains plongées au fond de ses poches.

— C'est oui ou c'est peut-être ?
— C'est non...
— Oh... pourquoi ?

La réponse fuse avant que je puisse la retenir :

— Parce que j'aime toujours le père de mon fils.
— *Whaaaat* ? Je ne comprends pas ! Manon, tu dis tu es veuve.

Son air dépité me fend le cœur. Lâchement, je reporte mon regard sur Clémens qui suçote les franges du tapis.

— Il est mort ?

Je garde la bouche close. Il interprète mon silence comme un aveu.

— Oh... euh... et est-ce que tu aimes un fantôme ? me demande le GI avec une douceur insoupçonnée.

Ses mains sortent de ses poches et enveloppent les miennes, avec une bienveillance qui pourrait me faire craquer. Son pouce me caresse la paume, sans pression, de manière... inoffensive et sensuelle.

Ce n'est pas désagréable d'être le centre de ce genre d'attention... mais je me rappelle fort bien la réaction de Georges. Et les tondues en place publique.

Je serre les dents.

— C'est ça.

— Oh... Je ne peux pas battre avec un monsieur mort, déplore Tom.

Il patiente, espère sans doute que je le contredise, que je le retienne. Puis comme rien ne vient, il retire ses mains et se recule. Je l'ai peiné, je le sais.

— Je suis désolée, chuchoté-je lorsqu'il referme la porte.

CHAPITRE 24

Adèle

Hiver 44-45

Nous voici aux portes de l'hiver. Ce jour de décembre, emmitouflée dans mon châle, j'arpente les couloirs froids de l'hôpital, gagnée peu à peu par une lassitude grandissante. J'ai pris mon service avant l'aube et il est bientôt midi. Je m'encourage mentalement, mais l'ambiance est tendue dans le service. Avec la pénurie de pansements et de désinfectants, soigner devient un choix. Heureusement les blessures sont relativement anodines : ce sont des accidents domestiques et des rixes. Économiser les stocks restants et gérer l'agitation des patients n'est pas de tout repos. Nous avons tous les nerfs à fleur de peau, et la malnutrition qui dure depuis plus de quatre ans n'aide pas à apaiser les esprits.

Allez, dans une heure, c'est fini, je pourrai rentrer chez moi. Madame Blanchard ne manquera pas de vouloir me faire ingurgiter quelques-uns de ses bavardages venimeux. Mais ensuite, je pourrai retirer mes souliers, et m'allonger un peu. Évidemment, Clémens ne me laissera pas dormir, ce petit diable est toujours actif... Il m'épuise mais à tout prendre, j'aime mieux le voir s'agiter. Son sommeil m'angoisse. Ses paupières closes me volent l'éclat de ses prunelles ; j'écoute chaque expiration, je doute d'avoir entendu son soupir, je doute jusqu'à toucher son thorax, j'appuie doucement, je veux sentir ma main se relever et s'abaisser, encore et encore, poussée par ce besoin viscéral de vérifier qu'il respire et qu'il vit, tenaillée par l'idée qu'il pourrait ne plus jamais se réveiller.

— Une arrivée ! appelle la voix de la secrétaire.

Postée devant le bureau des admissions, une femme à la carrure épaisse me tourne le dos. Son bras est noué dans un grand châle, qu'elle a rejeté sur son manteau.

— Une mauvaise chute, explique la secrétaire, le nez fourré dans la paperasse.

La patiente fait volte-face, son regard buté me heurte de plein fouet. Durant une fraction de seconde, un air de déjà-vu plane dans mon cerveau, je cherche un nom, une situation à laquelle raccrocher ce visage déplaisant. La femme pousse un glapissement suraigu :

— Dame... mais je vous reconnais !

Statufiée, je la regarde sottement.

— Calmez-vous madame, réprimande la secrétaire. Vous êtes dans un hôpital.

Je sais.
Oh mon Dieu, je sais où et quand j'ai vu cette mégère.

Je voudrais disparaître aux regards, m'enfoncer dans le sol ou me dissimuler derrière un rideau. Je frissonne, glacée par la sensation d'un métal froid frôlant ma nuque. La femme s'énerve et hausse le ton :

— Hôpital ou pas, c'est le cadet de mes soucis ! Que je me calme ! Ah ça non ! Non ! Je ne me calmerai pas ! Je refuse d'être soignée par une catin de collabo !

Aussi méfiante que curieuse, la secrétaire se hérisse derrière son bureau :

— Oh ! Mais quelles accusations grossières ! Que voulez-vous dire ?

— Cette... cette...

La femme me désigne d'un doigt vibrant de haine.

— Cette dame est infirmière, un peu de respect ! plaide ma collègue.

— Ah, la belle affaire ! Infirmière le jour, catin la nuit !

Le cri que je pousse me surprend moi-même :

— Je ne vous permets pas !

— Ne fais pas ta mijaurée, salope à boches. Je me souviens très bien de toi !

Prenant l'infirmière à partie, elle me lance des regards outrés :

— Je travaille à l'état civil et votre « infirmière » m'avait fait tout un cirque pour la déclaration de naissance de son fils.

— Ridicule, je ne vous connais pas.

— Menteuse !

— Cessez de m'insulter !

La secrétaire se tait. Ses poings calés sur le bureau, son regard est instable : elle me jauge avec défiance, toise la patiente, revient m'examiner.

Mon cerveau bouillonne à la recherche d'un mensonge crédible. Rien ne me vient. La femme n'attend pas plus, elle se lance dans des explications désastreuses.

— C'est bien simple pourtant. J'en ai enregistré des filles-mères... Des années et des années à prendre les déclarations, je peux dire que j'en ai vu passer de tous genres. Mais une qui fait preuve d'un tel toupet, dame, non ! Jamais je n'avais entendu une demande si inconvenante... alors pensez si je m'en souviens ! Ma-de-moi-selle voulait donner un prénom boche à son bâtard. Un prénom boche ! Déjà qu'elle offre son cul à l'ennemi, et en plus qu'il faudrait que le fruit pourri porte le nom du fridolin qui l'a engrossée ! Ce bâtard...

Ce mot me fait voir rouge. J'ai envie de lui flanquer des gifles, je bondis.

— N'insultez pas mon fils !

— Toi, ton bâtard, le boche, tout ça c'est du pareil au même ! Et je dirais ce qu'il me plaira de ta conduite. Je vois que tu as toujours tes cheveux en tout cas... Sûr qu'avec cette coiffure et ce minois on te donnerait le bon Dieu sans confession !

— Je suis veuve ! protesté-je, un peu tard. Et cessez de me tutoyer, je vous prie !

— Veuve avant d'avoir été mariée, oui !

Des patients tendent l'oreille, alertés par le croustillant spectacle qui les distrait de leur attente. Un médecin s'arrête et nous balaye d'un regard furieux.

— Qu'est-ce que c'est que ce cirque ?

— Il se passe que je refuse d'être soignée par la mère naturelle d'un boche ! Cette créature a forniqué avec l'ennemi, je le sais, j'ai enregistré la naissance de son bâtard ! Il est d'ailleurs absolument inadmissible qu'un établissement public emploie de telles... filles !

Un instant, le médecin reste stupéfait, puis il se retourne vers moi, la bouche pincée par un rictus méprisant :

— Madame, voulez-vous démentir ? — il pivote aussitôt le buste vers la mégère qui tape du pied : N'ayez crainte, nous vérifierons ses allégations. Cet établissement est d'une moralité irréprochable et ses agents également. Alors ? me demande-t-il à nouveau.

Derrière ses épaules, les visages des patients, tendus vers notre trio, se peignent de curiosité mesquine.

Mes mains tremblent. Je suis acculée. Ne sachant quelle pirouette inventer, j'abandonne la partie.

— Non, mon fils n'est pas un bâtard. Il est né de l'amour.

— Voulez-vous dire de l'amour entre un mari et sa femme ? corrige le médecin, dont le teint vire au cramoisi.

— De l'amour, simplement. C'est bien suffisant.

La secrétaire laisse un échapper un « oh » outragé, et la fonctionnaire qui m'a confondue exulte en poussant des interjections ridicules, elle semble avoir totalement oublié son bras cassé, raison de sa venue ici.

Le médecin me secoue :

— Et vous vous prétendiez veuve il y a une minute de cela ! Quel culot ! J'ose espérer que le père est français ?

Mon silence est un aveu, et l'accusatrice jubile :

— Vous voyez ! Vous voyez bien que c'est une créature dépourvue de morale ! Vous devriez la faire renvoyer et qu'elle soit jugée pour ses actes ! Tondue comme toutes les autres ! Au procès ! En prison !

Un silence pesant plane dans le couloir et sur la salle d'attente. Le médecin fulmine :

— Allez vous changer ! Et plus vite que ça ! Je m'en vais de ce pas prévenir le directeur. Vous me retrouverez à son bureau et vous vous expliquerez sur cette sordide affaire !

Les yeux brûlants de larmes retenues, je tourne les talons et file au vestiaire sans demander mon reste. Comment supporter une telle humiliation ? Ma guerre à moi n'est pas finie, elle ne sera jamais finie. Je ravale mes sanglots, et ma fierté se coince quelque part dans ma trachée. J'ai envie de vomir et puis de tout griffer, de tout déchirer, de tout abîmer, mes vêtements, ma peau, les murs, tous ces visages inquisiteurs.

Seule dans le vestiaire, j'essaye de reprendre le contrôle. Le médecin ne m'a pas fait escorter, et je devine — ou j'espère — une once d'humanité dans sa gestion du problème. J'imagine qu'il veut me laisser une chance de fuir. Mon sac sous le bras, je m'en vais comme une voleuse, certaine de ne plus pouvoir remettre les pieds dans l'établissement.

Les rues défilent et j'enfile les trottoirs à toute vitesse, j'avale ma rage. Je dois me ressaisir... et puisque je n'ai personne en ce monde, me réconforter moi-même, être ma meilleure amie, me dire des choses douces. C'est moi et moi seule contre le monde entier. Je voudrais me prendre dans mes bras, m'appuyer sur ma propre épaule, et là, bien calée dans cette sécurité, me moquer de tous ceux qui changent de camp au gré des jeux de pouvoir.

Je relate la scène à Manon, elle n'apprécie pas du tout. Depuis un moment déjà, elle s'est rendu compte qu'elle n'avait plus besoin de moi. Je suis devenue cette fille-mère embarrassante, ce caillou dans sa chaussure, ou plutôt dans son escarpin. Elle a de nouvelles relations dans le gouvernement provisoire et son projet de mariage lui ouvre les portes d'une nouvelle vie.

Sans travail, avec un enfant en bas âge, je suis une charge. Manon ne fonctionne pas aux sentiments et elle ne se prive pas de me le rappeler :

— Tu n'as qu'à épouser Tom ! s'énerve-t-elle fréquemment. Il a les moyens de t'entretenir, toi et ton môme… moi pas !

Une nuit, pavés et insultes sont jetés contre notre façade.

Au matin, tout l'immeuble découvre avec stupeur ces mots écrits à la chaux : « *Ici vit une pute à boches* ». Des cris alertent le voisinage, tout le monde descend en peignoir et bonnet de nuit.

Aussitôt les regards se font inquisiteurs. Clémens se frotte les yeux dans ma manche, conscient peut-être d'être le point de mire. Un à un, les voisins s'écartent, et leurs discussions bruissent telle une houle suspicieuse qui monte vers moi, La Blanchard ne cesse de me dévisager. Brutalement, Manon me prend par le coude. Au pas de course, nous remontons dans l'appartement.

Je fais tourner la clé avant de m'adosser au battant, essoufflée par l'ascension autant que par l'angoisse. Sans un mot échangé, nous nous habillons en vitesse. Manon peste entre ses dents et jure contre moi, s'imaginant que je vais l'entraîner dans ma chute.

— Tu dois partir. Immédiatement. Épouse Tom et qu'on n'en parle plus, décide Manon en boutonnant son gilet.
— Tu es folle, je n'épouserai pas Tom !
Manon pousse un long soupir d'exaspération :
— Parce que tu crois que tu as le choix ?
— On a toujours le choix.
— Sottise… Je t'avais dit de faire passer ce môme. Tu vois bien qu'il ne peut que te causer des emmerdements !
— Peut-être mais ce môme comme tu dis, c'est le mien !
— Tu l'as pondu et après quoi ? Vous allez souffrir ensemble ? Ah la belle vie ! Bravo, vraiment !

En deux enjambées furieuses, je traverse le séjour, je fonce droit sur la chambre. J'avise la valise qui trône sur le haut de l'armoire, et je la jette avec hargne sur le couvre-lit. Le mécanisme s'ouvre et les deux battants de cuir bouilli s'écartent avec un bruit de ressort. Je vide ma penderie pour entasser mes vêtements en désordre, sans même les plier. Manon lève les bras au ciel :

— Tu es ridicule !
— Je ne veux plus rien avoir à faire avec toi.
— Avec Tom, tu peux t'en tirer. Suffit de savoir virer au bon moment.

Je lui renvoie un regard meurtrier avant de lui claquer la porte de la chambre au visage. Les mains tremblantes d'émotion, j'habille mon fils puis je passe la dernière robe restée sur cintre.

Le velours grenat élimé est si fin qu'il ne protège pas des ardeurs du froid hivernal. Je grelotte. Mes cheveux ramassés en un vague chignon, je chausse mes bottines et j'enfile manteau et gants avant de me décider à ouvrir la porte en grand.

Manon est plantée dans l'entrée, un bristol entre les doigts. Elle miaule en me tendant son rectangle de carton :

— Si tu changes d'avis…
— Je pars. Adieu sans doute…
— Prends. L'adresse de Tom… sait-on jamais… ?

Un silence nous étreint, elle et moi. Nous nous enlaçons. Jamais nous ne nous reverrons.

CHAPITRE 25

Adèle

Ma valise est lourde. Mes bras sont engourdis. Je la traîne et son fond racle l'allée qui coupe le jardin endormi sous le gel. Parvenue au pied de l'escalier, étranglée par les souvenirs, je m'arrête.

Des images se bousculent entre mes tempes.

C'est à cet endroit qu'un soir d'été 1942, me tournant le dos dans son uniforme noir, le lieutenant m'était apparu pour la première fois.

Est-ce un tour de mon imagination ? Il me semble voir remuer le rideau de mousseline ornant la fenêtre du salon, celle derrière laquelle je m'étais postée pour l'entrevoir.

Il y a si longtemps.

Derrière le rideau toujours tiré, une ombre se profile et puis s'efface.

Quelqu'un m'observe.

Pourtant, sous le ciel blanc qui précède le crépuscule, la grande bâtisse reste obstinément silencieuse, dressant ses murs dévorés de lierre.

Je me décide à grimper les marches. Calé contre ma hanche, le visage niché dans mon cou, Clémens ronfle doucement. Le voyage a été long : l'attente en gare Montparnasse, les heures de train, le taxi pour la gare routière, le car, l'arrêt en rase campagne pour éviter le bourg et les regards en coin, et puis la marche sur la route déserte. Nous sommes éreintés. Seulement moi, je n'ai pas d'épaule pour m'assoupir.

La porte n'est pas fermée à clé. Le parfum familier de cire boisée m'assaille les narines. Fait inhabituel, une araignée a tissé sa toile sous la console. Je laisse choir ma valise sur les dalles, la gorge nouée par une drôle d'impression. J'avance prudemment vers le salon, je n'ose pas appeler : je sais que l'accueil ne sera pas tendre. Les lames du parquet grincent et me dénoncent ; les tapis étouffent l'écho de mes pas.

Un feu flambe dans la cheminée, lançant de petits crépitements dans le silence. Après une hésitation, je dépose Clémens sur le sofa. Je grimace. Mes muscles sont endoloris et transis. Les flammes ondulent sur la bûche et ce spectacle m'amène bêtement des larmes au bord des yeux.

Je m'éloigne de l'âtre, je caresse le piano poussiéreux. Il y a bien longtemps que personne n'a joué de musique ici. Les mains du lieutenant savaient faire naître la magie, elles couraient sur les touches, légères et aériennes comme le sont certains souvenirs.

— Adèle ?

Avant même que je me retourne, j'ai reconnu cette voix.

— Justin…

Nous voici face à face. Justin, mon frère, mon double masculin : des cheveux blond foncé qui retombent autour d'un visage marqué de fossettes, des grands yeux bruns, pailletés de douceur.

Je m'avance, nos mains s'étreignent et ce geste efface en une fraction de seconde les années de séparation.

— Tu as finalement été libéré ? Je suis si heureuse…

Justin observe Clémens qui dort à poings fermés, passe une main sur son front :

— Non, pas libéré. Je me suis évadé. Une longue histoire… Mais tu me connais, je ne supporte pas d'être enfermé…, ricane-t-il. Je suis comme toi, j'ai besoin de liberté.

— Tu fanfaronnes encore… c'est qu'ils ne t'ont pas changé !

— Allez viens t'asseoir, buvons un verre… Nous avons trop de choses à nous dire. Tiens ! Sais-tu que Guy a obtenu un poste auprès du gouvernement provisoire ? Il en est très fier. D'ailleurs, il est parti s'installer à Paris avec Jeanne. Un superbe appartement.

— Je l'ignorais.

— Et puis, Jeanne est enceinte. C'est pour l'été prochain.

— Ah… C'est une bonne nouvelle.

Clémens remue dans son sommeil. Je lui caresse le front, je touche ses mains, elles sont froides.

— Tu n'aurais pas quelque chose pour le couvrir ?

— Bien sûr, je vais te chercher ça. Tu n'as pas oublié comme les grandes maisons sont dures à chauffer…

Une minute après, Justin redescend, un plaid bouchonné sous le bras. Il l'étend sur mon enfant endormi, en prenant soin de le recouvrir entièrement. Ses gestes sont tendres et doux, j'en suis émue. En dehors de moi, personne ne s'est montré si attentionné envers mon fils. Mon frère se dirige vers le buffet, il en retire deux verres et une bouteille entamée de cognac. Je trempe mes lèvres dans le liquide ambré.

— Tu as repris la peinture, à ce que je vois, dis-je en forçant sur ma voix.

Il hoche la tête tandis que je désigne du menton les représentations fantasques qu'il a amassées le long du mur.

— J'essaye… il est difficile de s'approvisionner. Les toiles vierges coûtent une petite fortune au marché noir.

Tandis qu'il parle, mon œil parcourt l'originalité froissée de sa tenue. Ses vêtements sont un mélange de recherche et de négligence ; et je devine une âme tout aussi désaccordée que la mise. Nouée de travers, d'un vert criard qui accentue la brillance du satin, sa cravate jure avec le bleu rêche de sa modeste chemise. Des peluches frisent sur les pans bouffants de sa culotte de golf, tachée de peinture aux genoux, et le lainage immaculé de ses longues chaussettes plisse tout autour de ses mollets.

Une vague de compassion m'attendrit.

— Je te retrouve… et tu n'es pas retourné à la galerie ?

Justin adorait son précédent emploi, mais je devine que pour lui aussi tout a changé.

— Non. Il y a trop à faire par ici, avec la gestion des terres.

— Toi ? Tu t'occupes de gérer les terres ?

Mon frère plonge son nez dans son verre :

— Qui d'autre ?

— Maman s'en est toujours occupée !

Un long soupir affaisse ses épaules.

— Tu sais, sœurette, je n'ai pas revu maman. Et personne d'autre n'était là pour le faire.

— Quel rapport ? Comment ça ?

— Je me suis évadé trop tard, se justifie Justin en vidant son verre d'un trait.

Il déglutit et sa pomme d'Adam descend et remonte le long de sa gorge. Interloquée, je reste coite. Je cherche son regard qui me fuit.

Trop tard ?

Je ne comprends pas.

Que veut-il me dire ? Ou plutôt… qu'est-ce qu'il ne peut pas dire ?

Justin se ressert du cognac, il fait tourner son verre et l'alcool remue entre les parois transparentes. Ses gestes sont lents, j'ai le sentiment qu'il veut gagner du temps et son hésitation me procure un inexplicable malaise. Une chape de glace s'abat sur ma nuque. Il s'éclaircit la gorge.

— Adèle, je suis désolé. Je pensais que tu le savais…

— Savoir quoi ? demandé-je en écho à ma pensée.

Il me répond, je ne comprends pas ses paroles. Sa bouche s'ouvre encore :

— Maman est morte, répète-t-il.

Les mots me giflent. L'idée me paraît si incongrue… mais l'évidence force le brouillard qui m'enveloppe. Les images se bousculent dans ma poitrine : les rosiers à l'abandon, les volets de la chambre — clos alors qu'il fait jour —, la poussière sur le piano, les coussins en désordre, le portemanteau nu… Hébétée, je regarde autour de moi, je regarde en face tous ces indices que je n'ai pas su voir, je regarde ce grand vide. L'absence d'elle est partout.

Les larmes coulent sur mes joues, je suis redevenue petite fille. Une petite fille orpheline.

Sur la cheminée, la photo de mon père a été remplacée par une photo de noces. La mariée fait face à l'objectif, toute menue dans sa robe de soie qu'on devine gris foncé ou brune, les cheveux tressés, tandis que son jeune époux, tout aussi sérieux qu'elle, bombe le torse sous son gilet croisé. La pose est guindée, mais dans les yeux des deux jeunes gens, il y a cette lueur qui captive.

— Je n'avais jamais vu cette photo, reniflé-je.

— Elle était sur la table de chevet de maman pourtant.

— Oh… Je ne l'avais jamais regardée alors… ils s'aimaient ce jour-là…

Justin ne répond pas. Je pleure, déçue de n'avoir pas su faire, pas su dire, déçue de ce qui jamais ne reviendra. Longtemps nous demeurons absorbés dans nos souvenirs.

Le jour décline. Mes larmes se sont taries. Le salon a basculé dans la pénombre. La fenêtre nous montre un ciel terne qui se fond dans l'obscurité.

— Maman était jolie quand elle était heureuse…

— Nous n'avons pas connu ce visage d'elle. Elle a mis tant de barrières entre elle et nous.

Les mots de mon frère me réconfortent. Il se relève, place une bûche dans la cheminée et appuie sur les interrupteurs. La lumière se diffuse dans la pièce, feutrée autour des appliques, brûlante au-dessus de l'âtre. Je me pelotonne dans le fauteuil, j'écoute les craquements de la bûche qui cède sous les flammes.

Justin se tourne vers Clémens qui dort toujours profondément.

— C'est arrivé il y a un peu plus d'un an.
Il ajoute, mal à l'aise :
— Un accident.
— Quel genre d'accident ?
— Un accident cardiaque.
— Est-ce qu'elle a souffert ?
— Je te l'ai dit, je n'étais pas là.

Je me mouche fébrilement, mes mains tremblent, je frissonne tout entière. Remonte à ma mémoire le souvenir de ma dernière entrevue avec Otto Meyer, lorsque je lui avais demandé s'il avait arrêté ma mère, et, puis sa réponse, et puis son rire, et aussi cette petite phrase que je n'avais pas relevée alors : « *Elle ne nous aurait rien appris* ».

— Comme je voudrais dormir, dis-je tout bas, en fermant les paupières. Comme je voudrais...

La nuit déferle sur moi en une irrépressible houle. Une seule vague a suffi. Je me sens accablée par un vide infini. Aucun appui. Rien qu'un effondrement sans fin, un abysse mou, un océan noir qui m'aspire.

Le temps se dilate, mon corps est lourd. Je devrais ouvrir les yeux : je ne sais plus comment faire...

Mon instinct m'avertit, m'exhorte de rejoindre les tâches claires qui tournent là-haut, ces feux brumeux et incertains... fugaces... des visages surgissent. Un enfant qui babille. Une femme, sécateur en main. Un calot sombre, des têtes de mort.

Et ce froid qui s'insinue partout, sous ma peau, qui court le long de mes veines, ce froid qui me prend les os, me fait grelotter et transpirer.

— Adèle...

Mon prénom. Un homme m'appelle. Le lieutenant. Je l'aime. Non ; ce n'est pas lui, ce n'est pas vrai, il est mort. Ma mère. Morte. Justin ? Oui… C'est la voix de Justin. Je cligne des paupières. Mon frère se tient assis tout au bord du lit, comme prêt à partir. Je tends une main, mon bras est faible.

— Te fatigue pas, va. Je vais te faire boire.

L'eau clapote entre ses mains, et je fixe la transparence liquide qui oscille contre le verre.

— Reste avec moi sœurette, interdiction de replonger…

Je veux bien. Je voudrais, oui. Je lutte pour garder mes paupières ouvertes.

— Redresse-toi.

Je me laisse remonter contre les oreillers qui tapissent mon dos, et docilement je laisse mon frère m'abreuver.

— Je vais te monter une soupe et une tranche de rôti, d'accord ? Mais tu dois rester assise et garder les yeux ouverts, interdiction formelle de se laisser aller, c'est compris ?

— Je… oui… je ne suis pas sûre d'être là… j'ai dormi ?

Le sourire de Justin creuse des fossettes dans ses joues.

— Ah… dormi ? Pas seulement… voilà trois jours que tu délires ! Le docteur Foucher est venu chaque jour, il passera tout à l'heure. L'important, c'est que la fièvre retombe. Et puis… il ne dira rien de ta présence ici. Tu as pris froid. Et accumulé beaucoup, beaucoup trop de fatigue !

— Hmmm… le froid et la fatigue…

— C'est ça, rien de trop grave, rien d'insurmontable pour une vieille carne comme toi !

Je lui adresse un regard noir qui signifie : « J'ai envie de te baffer, tais-toi ». Il ricane comme un gamin idiot et je fonds en larmes. Stupéfait, il cesse de rire.

— Des mois… d'angoisse… insurmontable… tu es…

— Là, là…, me dit-il en me tapotant la main. Arrête ton cirque, mouche-toi plutôt. Je connais, je suis passé par bien des sales moments aussi, tu sais…

Je renifle dans le drap.

Est-ce que mon frère peut deviner à quel point ce retour m'a achevée ? Des heures dans les courants d'air glacés des gares, les bras endoloris par le poids de mon adorable péché autant que par celui de ma valise emplie de choses sans valeur. Et avant cela mon errance des mois durant, ma peine, à moi qui suis amputée d'un amour perdu, sans ami, sans soutien, jugée et méprisée, écrasée par la solitude et par une perpétuelle angoisse.

Le vide m'emplit le corps et la tête ; je me torture avec ce qui aurait pu être et ne sera jamais. Je me mens, car au fond de moi, je sais bien que je n'ai aimé ni ma mère ni ma vie d'avant *lui*.

Je déteste ces murs. Je voudrais juste entendre encore cette voix... *sa* voix, celle qui me caresse de l'intérieur.

Je ne ravale plus mes sanglots. Justin me lâche la main et m'accorde un regard de pitié :

— Clémens se porte comme un charme, tu sais... En ce moment il fait la sieste. Il aime patouiller dans mes pots de peinture... nous en ferons certainement un peintre de talent !

Sa réflexion m'arrache un maigre sourire à travers ma déferlante de larmes. Pas à cause de la peinture, non, juste parce que pour la première fois, Clémens semble être accepté pour ce qu'il est, ou, plutôt, malgré ce qu'il est : le fils de mon amour, de leur ennemi, mon délicieux poison.

CHAPITRE 26

Adèle

La fièvre tombe, cependant mes pensées ne se font pas plus claires.

Écartelée entre toutes les versions de moi, entre toutes les histoires que je me raconte, et je ne sais plus comment raccorder les morceaux de mon être. Je dors le jour, je pense la nuit, je rêve de mon passé. J'invente, je fabule, je ressasse. Je suis incohérente. Presque folle.

Je traîne mes idées noires d'un couloir à l'autre, d'une fenêtre à une autre. Je m'assois sur le banc, j'effleure le piano, j'enfonce des touches au hasard, je rabats le couvercle.

Souvent je me love dans le fauteuil, genoux repliés contre ma poitrine. Le temps est long, j'écoute les bruits qui le ponctuent, je me laisse bercer par les rires de Clémens et la voix moqueuse de mon frère, et puis je m'endors dans la rumeur des bavardages décalés qu'ils entretiennent… J'essaye de m'intéresser à eux… mais mon attention est volatile.

À la fin de l'hiver, je me risque à mettre le nez dans le jardin. J'élargis mon périmètre, mais il n'est pas question d'aller au-delà.

Je n'en ai pas la force ni le goût, et puis s'il faut des arguments plus rationnels pour justifier ma paresse, je dirais que ce serait dangereux de s'aventurer hors de la propriété. L'épuration qui a marqué la libération du pays n'a pas encore assouvi tous les désirs de vengeance. Les rancunes sont tenaces : arrestations et procès fleurissent dans les journaux.

Les températures remontent. Des flaques boueuses se forment dans l'allée. Accoudée à la balustrade du perron, je me concentre sur la scène que j'ai sous les yeux. Justin est emmitouflé dans une veste de cuir agrémentée d'un col de fourrure blanc. Clémens patauge à ses côtés et malaxe entre ses gants une boule de neige.
Mon fils a grandi. Il se tient bien campé sur ses petites jambes. Si son corps a des rondeurs de bébé, les traits de son visage s'affirment. Son menton est moins rond, son nez plus droit, ses yeux sont désormais d'une nuance franchement grise.
Il joue et pousse de petits cris impatients, inconscient de tous les drames qui l'environnent, tandis que Justin essaye de faire tenir ses boules en équilibre dans une vague tentative d'élaborer un bonhomme de neige. Je croise le regard de mon frère et je lui souris, baignée par la reconnaissance que j'éprouve à son encontre. Je mesure la patience avec laquelle il accepte mon mutisme, j'ai conscience de la valeur de son don. Il donne à Clémens toute l'attention dont je le prive, et à moi, il me donne un cadre pour que je puisse me reconstruire. Sans rien demander, il nous nourrit, entretient le feu, lave le linge. Sa bienveillance est sans prix. Clémens trépigne. Attendrie, je le couve du regard. Je pourrais m'élancer, dévaler cet escalier et étreindre mon fils. L'idée me coupe les jambes ; je n'ai pas assez d'énergie pour répondre à celle débordante d'un tout petit, fût-il le mien. Je ne peux pas, pas encore. Pourtant je l'aime à ma manière et il le sait. Les enfants ont cette intuition que beaucoup d'adultes ont perdu en chemin : ils savent se connecter aux émotions cachées.
À mesure que l'hiver recule, je retrouve un peu de cohérence, je bouge plus vite, je m'habille, je participe aux

tâches de la maison. Je câline mon fils à l'heure de le coucher, je le serre contre mon cou, et je lui dis que je voudrais le garder pour moi seule et qu'il ne grandisse jamais.

Il est d'accord, et cela me fait parfois rire, parfois pleurer. Nous regardons la pluie qui bat contre la vitre, et nous nous amusons à suivre du doigt les trajets de ces rigoles qui dégoulinent.

Je viens de placer des briques chaudes au fond de nos draps, et de coucher Clémens. J'ai attendu qu'il s'endorme. À son chevet, j'ai observé, attendrie, son petit corps amolli par le sommeil.

Je descends l'escalier en prenant garde aux grincements des marches. Assis devant la TSF, un cognac en main, Justin écoute la voix chaude et gaillarde qui annonce la multiplication des bombardements sur les villes allemandes.

Il vide son verre, se ressert généreusement, sirote à nouveau.

Est-ce qu'il boit tous les soirs ? J'ai l'impression d'émerger d'un sommeil lourd, de n'avoir rien vu de ce qui m'entourait.

— Tu bois beaucoup.

— Non, je bois souvent, rectifie Justin. Ça me rend moins grincheux.

— Je ne t'ai jamais vu grincheux.

— Justement.

Je médite sa réponse, rattrapée par une pointe de culpabilité.

Il a vécu des moments difficiles lui aussi, et jamais je ne lui ai proposé mon écoute.

Le téléphone sonne. Justin pose son verre et se relève en me rappelant les consignes :

— Aucun bruit. Personne ne doit savoir que tu es ici. C'est trop tôt.

Il s'éloigne et tire la porte derrière lui. Dans le poste radio, des voix nasillardes vantent les mérites de produits quotidiens. Les réclames me parlent de la vie qui continue au dehors de ces murs...

À force d'isolement, le monde extérieur me semble aussi inaccessible et irréel qu'un mirage. Justin raccroche après avoir multiplié les félicitations. Curieuse, je l'interroge du regard.

— Guy a un avancement, m'explique-t-il en replongeant ses lèvres dans son verre.

— Tant mieux.

— Il a une belle situation, c'est certain.

— Maman aurait été fière de lui.

Dos voûté, posture nonchalante, Justin me considère par-dessus le rebord de son verre.

— En tout cas, elle n'a pas voulu te déshériter.

— Et après ? Qu'est-ce que ça change ? Les derniers mots que nous avons échangés étaient tellement odieux... Elle devait me haïr, elle est certainement morte en me détestant.

— Je ne crois pas. Si elle t'en avait vraiment voulu, elle t'aurait reniée jusque dans son testament. Mais elle ne l'a pas fait. Et maintenant, c'est à parts égales que nous sommes tous les trois propriétaires de la maison, des terres et des fermages. Sans compter l'argent placé. Tout ceci te fera un bon capital.

— Je n'ai pas la tête à gérer. Je te ferai une procuration, puisque c'est toi qui t'occupes des affaires.

— Ce n'est pas là où je voulais en venir. Si tu as besoin d'argent, je te donnerai ta part. Il y avait pas mal de liquidités sur les comptes. Tu pourrais repartir de zéro. Te refaire une vie dans un lieu inconnu.

— Si je te disais le fond de ma pensée, tu me prendrais pour une folle...

— Dis toujours.

— Je voudrais d'abord savoir ce qu'il est devenu.

— Il... ?

— Le lieutenant, le père de Clémens. Cette question m'obsède.

— Je comprends...

— Au moins toi tu essayes...

— Non, non, je comprends bien... Quand je me suis évadé pour la deuxième fois, un Allemand m'a aidé. Un type de mon âge. Il revenait du front de l'Est, où il avait perdu un bras. C'est pour ça qu'il était devenu gardien de prison : son amputation lui avait sans doute sauvé la vie. Comme il parlait un peu français, nous avons échangé quelques mots. Les mois passant, nous avons plus ou moins... euh, eh bien... sympathisé. Il m'évitait les pires travaux, me rapportait toujours un peu plus que ma ration, me donnait des couvertures sèches lorsque la pluie trempait ma paillasse.

Justin fuit mon regard. Gêné que je devine certaines choses, je sens qu'il est tiraillé par son hésitation. Il poursuit néanmoins :

— Est arrivé un jour... alors qu'avec d'autres détenus nous étions de corvée de ramassage de bois... un jour où il m'a glissé des billets, une carte et m'a ordonné de partir. Il avait l'air tellement décidé que je n'ai pas refusé. Ça n'a pas été facile pourtant... Et c'est comme ça que j'ai pu m'enfuir. Le voyage a été périlleux, mais tu vois, je repense souvent à cet... à ce gardien. Parce que je ne sais pas ce qui a pu lui arriver.

Il pousse un soupir, se redresse dans son assise, et balaye l'air d'un revers de main :

— Ce que je veux dire sœurette, c'est que le monde ne se partage pas en lignes tracées sur les cartes mais plus simplement entre les ordures et les gens de bien. Ce gardien c'était un type bien. Alors, allemand ou pas, j'aimerais autant qu'il s'en soit sorti.

— Je comprends... Peut-être qu'après tout ça, dans un moment, dans longtemps, il sera possible de retourner là-bas, de chercher, de savoir...

Justin se ressert un cognac.

— Tu es folle, esquive-t-il avec un rire.

— Oui je suis folle, mais je t'avais prévenu, réponds-je du tac au tac. Après la guerre, nous pourrons circuler partout où nous voulons, y compris en Allemagne.

— Après la guerre, il ne restera plus rien de l'Allemagne.

CHAPITRE 27

Adèle

En avril, les Russes sont à Berlin tandis que les bombardements se poursuivent. La résistance acharnée des Allemands n'engendre que morts et destructions. Les journaux en font leurs gros titres.

Avec l'arrivée des beaux jours, je suis de plus en plus dehors. J'ai besoin de respirer un air qui circule librement, j'ai besoin de me sentir petite sous le ciel immense.

Je décide de jardiner. Des heures durant je plante, j'arrache, je sarcle les plates-bandes auxquelles ma mère consacrait tout son temps.

Clémens se fait une joie de m'aider. De ses doigts, il creuse des sillons dans la terre humide.

Le général de Gaulle a annoncé sur les ondes la capitulation allemande. Depuis lors, une idée m'obsède.

J'en fais part à Justin ; comme je m'y attendais, il tente de me réfréner. Je refuse de le laisser me décourager. J'ai besoin de cet élan pour sortir définitivement de ma léthargie.

— Pourquoi non ? Puisque la paix est signée depuis plus d'un mois…

Justin soupire, je le vois, il est un brin admiratif face à tant d'obstination, mais aussi agacé de ne pas arriver à asseoir son autorité sur moi :

— L'Allemagne est en ruines, et la misère est le terreau parfait du crime. Et des épidémies.

— Je suis infirmière, j'ai des notions d'hygiène assez développées.

— C'est pas ça qui te protégera de tous ces hommes désœuvrés et humiliés.

— Ils ont d'autres chats à fouetter.

— Et sais-tu seulement comme sont longues et compliquées les démarches pour obtenir un visa ? Et pour aller où s'il te plaît ? À Berlin, ville divisée en quatre zones d'occupation, alors que tu n'as même pas l'adresse exacte de la famille que tu recherches ? Sans compter que Clémens est bien trop jeune pour voyager dans cet enfer… Tu vois, Adèle, c'est… c'est trop tôt ! Tu dois être patiente, attendre que le temps fasse son œuvre.

— J'ai besoin de savoir !

Je trépigne. Justin me bloque le bras :

— Chut…

Cette fois je me dégage avec humeur :

— Oh !

— Tais-toi ! Tu n'as pas entendu ?

— Quoi donc ?

Doublée par mon aîné, je me précipite à la fenêtre : une bicyclette a franchi la haie.

— Je vais voir, reste à l'intérieur, recommande Justin.

La cycliste, le corps boudiné dans une robe de coton noir et la taille étranglée par les cordons de son tablier, a posé pied à terre. Elle lève la tête vers moi, et grimace sous l'effet d'un éblouissement. Les reflets du soleil sur la vitre me masquent à elle tandis que moi, je la distingue parfaitement. Il s'agit de madame Morin, la mère de Solange Morin. L'échange est inaudible, mais je ne perds pas une miette de la scène. Même Clémens qui joue avec quelques tiges de pissenlits, fronce ses minuscules sourcils et semble tendre l'oreille.

La visiteuse tapote la poche de son tablier de mauvaise grâce, et Justin lui fait signe d'entrer d'un air contrarié.

— Vous auriez pu régler ça avec le notaire, comme d'habitude.

— Non, puisque je suis à deux pas, je me suis dit que ça serait plus vite fait de passer. Comme ça vous aurez les trois derniers loyers. Il me faut juste la quittance.

Les pas et les voix décroissent, s'ensuit le raclement d'un tiroir, puis des froissements de papiers, enfin les pas reviennent à nouveau.

Je me colle contre la cloison pour écouter.

— Ça doit être bien triste pour vous, être tout seul, ici, dans cette grande demeure… lance la commère.

— Pas du tout. La solitude est la meilleure atmosphère possible pour la création.

Bien envoyé ! Je ricane silencieusement.

— Ah. Vous savez que Solange va se marier ? La noce est prévue pour juillet.

J'aimerais bien savoir avec qui…

— Bien, bien, ravi pour vous. Allons, madame Morin, les loyers sont payés, vous avez votre quittance. Il ne me reste plus qu'à…

— Oh ! Oh mais qu'est-ce…

Le ton de sa voix m'alerte. Entre le choc, l'effroi et la jubilation. Je pivote. Les pissenlits sont éparpillés sur le tapis. Clémens n'est plus là. Je comprends, trop tard, qu'il s'est faufilé dans le hall.

— Mais qu'est-ce que c'est que ça ? glapit au même instant la voix accusatrice.

— Un enfant, vous le voyez bien, répond froidement Justin.

— Oui, je vois bien que c'est un enfant ! Mais je veux dire… Oh mon Dieu ! Seigneur… Ce ne serait tout de même pas… ?

— Vous avez votre quittance, je vous demanderai donc de bien vouloir…

— Ce n'est pas possible, pas possible !… Ah ! Pour sûr que c'est une nouvelle à vous tuer ! Pauvre madame Delestre ! Je comprends mieux pourquoi que son cœur a lâché si subitement !

— Madame Morin ! Nos affaires sont en ordre. Je vais devoir vous prier de partir !

— Oh, oh, pas la peine d'user de ce langage avec moi, j'ai compris ! J'ai tout compris ! Et elle aussi, elle est là, hein ? Il n'est quand même pas venu tout seul le diablotin ?

N'y tenant plus, j'ouvre grand la porte du salon :

— C'est de moi que vous voulez parler ?

Madame Morin ouvre des yeux ronds et puis après une seconde d'immobilité complète, se met à battre des mains.

— Grand dieu !

— Dieu, le diable… Faudrait savoir !

— Et ça blasphème avec ça !

— Que voulez-vous, je ne suis plus à un péché près !

Encadrée de nous deux, elle jette des regards haineux, balbutie des mots sans ordre, et finalement tourne les talons en se signant. Nous la regardons qui s'enfuit jusqu'à son vélo.

Un silence s'est abattu sur la maison. Clémens, ses petits bras ballants le long de son corps d'enfant, laisse voguer un regard indécis entre moi et son oncle qui s'emporte :

— Tu n'aurais pas dû te montrer ! Cette femme est une vipère. Comme sa fille. Les langues vont aller bon train maintenant !

— Justin, dis-moi la vérité. Est-ce que c'est à cause de moi, enfin aussi de Clémens… que maman…

— Je te l'ai déjà dit, elle a fait une attaque.

— Quand était-ce ? Fin octobre, début novembre ?

— Le 3 novembre 1943.

— Juste après la naissance…

Justin veut peser ses mots :

— Écoute, je n'étais pas là... Je me suis évadé plus tard, au printemps. Le docteur Foucher devait la visiter pour un renouvellement de ses cachets. C'était le 4 novembre au matin. Quand il l'a trouvée, il m'a dit qu'il a cru tout d'abord qu'elle dormait... Eh oui, c'est vrai, elle avait ta lettre entre les mains.

Je m'appuie à la rampe de l'escalier pour ne pas vaciller.

Maladroitement, Justin essaye de me consoler :

— Je l'ai lue, et malgré la situation, j'ai trouvé que c'était une belle lettre. Les mots portent souvent bien plus loin qu'on ne le croit, si on s'efforce de comprendre l'intention de leur auteur.

La phrase de mon aîné résonne en moi, et au-delà de la peine, une fulgurance me saisit. Je sais. Je sais où et comment trouver mes réponses.

CHAPITRE 28

Adèle

Bifurquant après la dernière habitation, le taxi s'engage sur la route qui scinde les pâturages.

— Cette fois, on devrait être arrivé, marmonne le chauffeur, le regard fixé sur la route. L'adresse n'est pas facile à trouver.

Je voudrais répondre quelque chose mais faire la conversation est au-delà de mes capacités. Mon cœur cavale si fort que je me demande comment Clémens est parvenu à s'endormir, niché contre moi. Je passe une main dans la douce masse de ses cheveux bruns avant de reporter mon attention sur les versants boisés du Jura qui s'arrondissent à l'horizon. Les courbes vertes tranchent avec le bleu du ciel. J'essaye d'anticiper la suite de cette journée, mais j'en suis incapable.

Dans le rétroviseur, le village est un point minuscule.

Une nouvelle fois, me voilà sur les routes. Repliée dans mon corsage, je porte la dernière lettre du lieutenant. Tout contre ma peau j'entends résonner ce passage qui m'a montré le chemin quand j'étais dans l'impasse. « *Un peu de ma famille vit en Suisse, c'est là que j'apprends le français pendant mes vacances l'été. Rappelle-toi, si tu as des problèmes, ce que je t'avais dit. Retrouve ma tante qui habite à La Sagne, canton de Neufchâtel, chemin Clair Bois. Elle parle français et elle est au courant de ton existence.* »

Dès que j'ai relu cette lettre, je me suis souvenue de nos adieux, de ses mots, et j'ai su que je me devais d'essayer.

J'ai fait part à Justin de mon projet, il avait approuvé sans enthousiasme : la Suisse est moins dangereuse que l'Allemagne. Il s'était démené pour convaincre Guy de faire jouer ses relations afin de me faire obtenir un passeport. Évidemment, Guy avait d'abord refusé, par principe. Mais Justin avait tenu tête, avançant qu'il fallait absolument m'éloigner au plus vite, avant qu'on ne vienne m'arrêter pour fait de collaboration et peut-être m'exhiber, tondue et à demi nue, en place publique. Les arguments avaient porté, et Guy, pressé de se débarrasser de mon encombrante existence, avait cédé.

Durant ces semaines d'attente, j'avais patienté dans un hôtel anonyme des faubourgs d'Angers. Début juillet, Justin était venu me trouver et m'avait remis mes papiers, ainsi qu'une partie de l'argent correspondant à ma part dans l'indivision — en fait le tiers des revenus des fermages payés depuis la mort de notre mère.

Le lendemain, je quittais l'hôtel, l'Anjou, puis la France.

Le chauffeur stoppe le véhicule.

— Vous y êtes, m'annonce-t-il.

Un chemin s'ouvre au bord de la chaussée. Je devine l'habitation dissimulée derrière un écran de feuillage. Je règle la course, le taxi s'en va.

Ma valise est restée à la pension et je me sens soudain si démunie, presque ridicule, avec mon fils calé sur la hanche pour seul bagage.

Mes jambes flageolent. J'avance avec la sensation d'être menée à l'échafaud. Voilà, c'en est fini des illusions, il va falloir affronter la réalité.

Brusquement, ce chemin tout tracé m'angoisse. J'enjambe le fossé pour couper à travers le pré. Clémens a dû sentir la panique qui m'envahissait à travers mon accélération cardiaque. Maladroitement, je lui effleure le front d'un baiser.

Un verger jouxte l'arrière du chalet.

L'ensemble est très bien entretenu. Les lignes sont nettes, épurées, fleuries.

Garnis de géranium, les balcons sont ombragés par les pentes du toit. Les haies de chèvrefeuille ceinturent la pelouse piquée de fleurs sauvages et jalonnée de jardinières.

Au beau milieu de ce paradis de verdure, progresse une femme ; cheveux blonds nattés sur la nuque, silhouette légèrement penchée par le poids du baquet qu'elle tient sous le bras. Dans son dos, des rires enfantins résonnent en sourdine.

La femme pose le baquet dans l'herbe. Elle en retire de multiples pièces de linge qu'elle secoue vigoureusement avant de les étendre sur les fils tendus entre les pommiers. Je l'étudie, et son profil m'est familier... je reconnais son visage, ces traits fins, presque arrogants. Ou plutôt je me souviens d'une photo... d'une soirée au cabaret, à Paris... j'ai devant moi la sœur aînée du lieutenant et l'épouse de Meyer. La voir s'animer me donne des sueurs froides.

Sait-elle ce qu'est devenu son frère ? Et comment s'appelle-t-elle ? Son prénom m'échappe... Mais une question me coupe soudain la respiration : est-ce que son nazi de mari pourrait se trouver ici, s'être réfugié dans ce chalet ? Mes poings se serrent, et instinctivement je broie le petit corps de Clémens contre moi, si fort qu'il se débat dans mon étreinte. Je l'embrasse pour m'excuser. Mais... oh... voici qu'une deuxième femme rejoint Christa. Oui c'est ça, voilà son prénom m'est revenu : Christa... La nouvelle venue est plus âgée, sa chevelure est davantage blanche que blonde, et ses bras sont également encombrés d'une bassine qui paraît très lourde au regard de la grimace qu'elle esquisse pour s'en délester.

Au vu de la différence d'âge et de la ressemblance entre les silhouettes, j'en déduis que celle-ci est certainement la tante du lieutenant, la propriétaire des lieux. Elle a un geste de réconfort pour l'épouse de Meyer, dont elle caresse affectueusement l'épaule, puis toutes deux se penchent et retirent de la bassine une longue pièce blanche, qu'elles étirent et jettent par-dessus le fil. Le drap forme un écran entre moi et elles. Clémens se tortille : lui aussi a entendu les rires des enfants ; quant à moi, je ne sais que faire, tiraillée entre l'envie d'aller vers ces femmes, et la peur qui me hurle de rebrousser chemin.

CHAPITRE 29

Heinz

La lumière sculpte les imposants reliefs et habille d'or les cimes des grands pins. Le vent souffle fort sur la crête. En contrebas, lové dans l'écrin de verdure qui s'étale au pied des pentes enneigées de la chaîne des Alpes, le lac de Neuchâtel paresse. Je détourne le regard de ce panorama pour me concentrer sur ma progression. À cet endroit, le sentier est tellement étroit qu'il donne l'impression de marcher dans le vide. L'illusion est de courte durée, voilà que déjà s'amorce la descente vers une prairie plantée de pins sylvestres aux troncs rouges et rugueux et parsemée de gentianes bleues flamboyantes.

Je ralentis mon pas.

Bientôt ma promenade va s'achever.

Marche solitaire qui maltraite mon corps affaibli, à laquelle je m'astreins pourtant quotidiennement depuis ma libération et mon arrivée en Suisse, quinze jours auparavant. À ma tante et à ma sœur, j'ai expliqué que c'était une question d'entretien de ma forme physique, que je ne voulais pas rester amaigri et faible, que je devais retrouver la santé, et que la santé passait par l'exercice.

En vérité, ça n'a rien à voir avec l'exercice physique. Je marche pour rester debout, pour me sentir vivant, pour tester ma liberté.

La liberté n'est pour moi qu'un concept vide. Que puis-je en connaître, moi qui ai donné et perdu tant d'années à obéir ?

Mon cerveau a été forgé pour l'appartenance. Et puis voilà qu'en quelques mois, en quelques semaines, en un rien de temps, tout ce qui constituait mon univers mental s'est effondré.

J'étais un maillon de la chaîne, j'étais une partie d'un tout, j'étais un officier dans une hiérarchie. J'exécutais des ordres, j'en distribuais. Je connaissais ma place et ma valeur. J'étais reconnu pour cela. Désormais, je ne suis plus rien, rien que moi.

La captivité ne m'a rien désappris. J'ai subi les humiliations, les coups, la faim, mais à travers tous ces tourments, j'étais encore ce soldat que j'avais toujours été ou voulu être, et pour cette identité on me brimait jour après jour, nuit après nuit. Parce que j'étais un parmi mon groupe, parce que j'en faisais partie, quoi que je fasse, quoi que j'en dise.

Pourquoi me suis-je porté volontaire pour le déminage ? Je ne saurais dire. Peut-être par orgueil, par provocation ou par désespoir. Peut-être aussi parce que ce jeu morbide occupait mon esprit. Les missions étaient risquées. Aplati sur le sol, je fouillais la terre du bout des doigts pour mettre à jour les engins explosifs et les désamorcer. Ce faisant, parfois je divaguais, à moitié assommé par la faim, et il m'arrivait de me figurer qu'une bête enveloppée de noires guenilles rôdait près de moi. Une odeur fétide envahissait ma bouche. Je voyais mon reflet dans les flaques de boue… Je me voyais avec mon uniforme en lambeaux et mon regard creux, et je savais alors qui était la bête qui avait tant moissonné les âmes.

Un jour pas si lointain, un capitaine américain, ayant constaté que j'étais toujours volontaire, s'était pris d'admiration pour ce qu'il estimait, à tort, être de la bravoure. Il s'est imaginé que mon nihilisme était de la repentance. Convaincu de cela, il est intervenu dans les hautes sphères, des officiers ont discuté de mon cas, ou peut-être l'ont-ils parié au jeu… Toujours est-il qu'un matin de juin, je suis ressorti du camp avec mon livret militaire et quelques marks en poche.

J'étais alors censé rejoindre l'Allemagne et me présenter à la défense civile pour aider à déblayer les tonnes de gravats qui encombraient le sol allemand. Mais la perspective de traverser mon pays en ruines, de m'immerger dans la misère des miens et de faire face à ce désastre que je n'avais su empêcher, et auquel j'avais contribué, était au-dessus de mes forces.

Lâchement, j'avais besoin d'une pause. De réfléchir. De dormir. De savoir qui j'étais, qui j'allais devenir.

J'ai franchi la frontière suisse clandestinement, en payant mon passage avec mes derniers marks.

Autrefois, je me suis cru un homme droit. À présent, je ne suis certain que d'une chose, mon corps vit. J'éprouve la faim, la soif, la douleur et la fatigue. Mais pour mon âme, je n'ai pas de certitude.

Je ne ressens plus rien, ni peine ni colère, peut-être tout juste une pointe d'envie envers Christa. Parce qu'elle est capable de pleurer les disparus : Otto, notre mère restée enfouie sous les gravats d'un immeuble, Elisabeth qui, livrée à elle-même, s'est jetée du troisième étage pour échapper aux soudards russes, et enfin notre père, dont personne n'a de nouvelles. Christa pleure tous ces êtres que le sort nous a enlevés, sans comprendre ce qui est arrivé, ni comment sa superbe Allemagne en est arrivée là. Oui, je l'envie. Car si je suis incapable de pleurer, je ne comprends que trop bien comment s'est enclenché l'infernal engrenage qui a écrasé tant de vies.

Nous étions ce tout qui a fini par dévorer nos âmes…

CHAPITRE 30

Heinz

Les pommiers, suspendus entre ombre et soleil, semblent appartenir à un autre monde. La brise joue dans les herbes hautes. Et puis... sous les arbres, soudain, je la vois, je la découvre, improbable, immobile... un mirage sur le point de disparaître. Est-ce seulement possible ? Sa robe légère danse autour de ses mollets. Ses cheveux relevés avec maladresse laissent échapper quelques mèches. Ses joues rosies parlent de chaleur et de vie, d'une vie que je croyais perdue. Entre ses bras arrondis, elle porte un enfant, qui est solidement accroché à elle.

Des petites jambes potelées pendent sur le côté, des bras s'agrippent à son cou tandis qu'elle avance vers moi, qu'elle avance lentement, comme si chaque pas la tirait d'un rêve. Ce visage que j'ai tant aimé, que j'ai pleuré mille fois... inchangé et pourtant autre. Ses traits, plus graves, marqués par tout ce qu'elle a traversé, me ramènent à tout ce que j'ai perdu.

Elle murmure des mots que je ne comprends pas. Sa voix me traverse, brisant en moi tout ce qui s'était figé, me laissant sous l'emprise d'un vertige qui se mue en certitude : elle est là.

Vivante. Réelle. Elle a traversé l'inimaginable pour me retrouver. C'est elle. C'est moi. Ce que nous avons été. Ce que nous sommes encore, malgré le temps, malgré les silences, malgré la guerre. Malgré tout.

Nos mains s'effleurent, hésitantes, brûlantes. Nos doigts se nouent avec une urgence douloureuse. Ma raison vacille. Je ressens tout de sa peur, de sa fragilité et de cette force qui l'a amenée jusqu'à moi, contre toute logique. Je voudrais l'enlacer, l'embrasser, retrouver son souffle, son goût, tout ce que j'ai cru évanoui à jamais.
Mais l'enfant bouge entre nous. Il se redresse légèrement, relâchant son étreinte sur sa mère et tourne son petit visage vers moi. Ses yeux plongent dans les miens. Des prunelles d'un gris profond… une teinte que je ne connais que trop bien… couleur de cendres.

REMERCIEMENTS

Un grand merci à Myriam Audouin et Pascal B, Comte du Grip pour vos préfaces, vous avez capturé l'essence de mes récits en y ajoutant votre regard qui y apporte une profondeur supplémentaire.

Merci également à Aline Garcia @ag-infographiste pour ces magnifiques couvertures, merci d'avoir su transformer mes mots en images.

Je remercie aussi Sonia @amantis_correction pour son œil aiguisé, sa patience et sa réactivité.

Et puis... à vous chers lecteurs et lectrices, merci du fond du cœur d'avoir parcouru cette histoire avec moi. Votre curiosité, votre soutien et votre émotion donnent vie à ces pages, à ces amours qui même dans les heures sombres, éclairent le chemin de l'Humanité.

TABLE DES MATIÈRES

PRÉFACE 1
CHAPITRE 1 3
CHAPITRE 2 11
CHAPITRE 3 17
CHAPITRE 4 27
CHAPITRE 5 35
CHAPITRE 6 47
CHAPITRE 7 63
CHAPITRE 8 75
CHAPITRE 9 91
CHAPITRE 10 103
CHAPITRE 11 119
CHAPITRE 12 133
CHAPITRE 13 143
CHAPITRE 14 147
CHAPITRE 15 159
CHAPITRE 16 165
CHAPITRE 17 167
CHAPITRE 18 171

CHAPITRE 19	175
CHAPITRE 20	183
CHAPITRE 21	189
CHAPITRE 22	193
CHAPITRE 23	195
CHAPITRE 24	201
CHAPITRE 25	209
CHAPITRE 26	217
CHAPITRE 27	223
CHAPITRE 28	229
CHAPITRE 29	233
CHAPITRE 30	237
REMERCIEMENTS	239
TABLE DES MATIÈRES	241